Fan
ファン文庫

空ガール！

仕事も恋も乱気流!?

著　浅海ユウ

マイナビ出版

Contents

イラスト…問七

フライト直前

アラサーCA

――ああ……。今日も目が死んでるよ……。

ロッカーの扉に付いている小さな鏡を覗き込む。なるべく自分の目を見ないようにして私、鳥居紗世《とりいさよ》は襟元だけに意識を集中し、ブルーのスカーフを結んだ。

今日はスカーフの中央にひだを寄せて、薔薇《ばら》の花を象《かた》どったローズ巻きにしてみた。

客室乗務員《CA》として航空会社に採用された社員は、地上訓練の時に教官から色々な結び方を伝授される。が、最初はなかなかうまく結べず、どうしても一番簡単な巻き方になる。私もCAになりたての頃は、スカーフをプリーツ状に畳《たた》んで二回結ぶだけのリボン巻きが多かった。パッと見が華やかで、それでいて短時間で仕上がるからだ。

が、CAになって、早七年目。今やどんな結び方も自由自在だ。

首元を美しく飾る上質なシルクの色は乗務歴を物語る。この鮮やかな青は、乗務歴五年以上であるシニアCAの証《あかし》だ。別名、『お局《つぼね》ブルー』。二十七歳前後からもうお局と呼ばれてしまうのは、若い女性が多い職場ならではの恐ろしさだが、自分たちも新人の頃にはそう言っていたのだから、仕方ない。諦めに似た気分で、結い上げた髪のほつれをワックスで整えた。

――なんだか、表情にも肌にも張りがないのよね、最近……。

最後にメイク直しのパウダーをブラシでのせて、内心ボヤきつつ自分の顔全体を眺《なが》める。見るたびに劣化していっているような気がして恐ろしい。

いや、そんなはずはない。まだギリギリ二十代だ。二十九歳の気力を振り絞って、唇の両端をクイッと持ち上げる。精一杯の微笑。けれど……。どうやったって、希望に胸を膨らませていた新人の頃の輝きは取り戻せない。

これって、小皺《じわ》じゃないよね？　表情皺よね？　色々気になる今日この頃。

再びギュッと口角をあげてみるが……。

――だから、目が笑ってないんだって。

「はぁ……」

鏡の中の笑顔にダメ出しをして、バタンとロッカーの扉を閉めるのと同時に、溜め息が漏れる。

この仕事が嫌いなわけじゃない。なにより、ＣＡという肩書を背負って参加する合コンや同窓会は私の大好物だ。このステイタスがなくなったら、私は劣化と戦う『ただの人』になってしまう。

けれど、この仕事に慣れれば慣れるほど、自分がＣＡに向いているのかどうか、そして、いつまでこの仕事を続けていくつもりなのか、わからなくなっていく。入社当時のワクワク感ややりがいはすっかり薄れてしまった。たぶん、他のＣＡも同じなのだろう。同期入社のＣＡは、結婚や転職でいつの間にか半分ほどに減っている。

――このままでいいのかな、私。

答えの見えない焦燥感《しょうそうかん》に襲われ、また一つ溜め息をついて更衣室を出た。

日本国際《JIA》航空の乗務員用更衣室は、客乗《きゃくじょう》センターの別棟と呼ばれる建物の中にある。その別棟から客室部のある本館へ向かう渡り廊下を歩く時、昔はやる気にあふれ、期待に胸を膨らませていたものだ。ガラス張りの廊下から見える滑走路から、飛び立つボーイングやエアバスを見つけ、今日はどんなお客様との出会いがあるんだろう、と。

なのに今は、あと何回この廊下を歩くんだ、と複雑な気分だ。

「おはようございます！」

廊下の向こうからバタバタと走って来た私服の女の子が、私の前でピタリと足を止め、大きな声で挨拶してから、早足で更衣室に飛び込む。新卒採用の訓練が明ける七月には、よく見る光景だ。

――私もよく時間を読み違えて、走ってたな……。

会社が配布するフライト・スケジュールに『出社』と書かれているのは、プリ・ブリーフィング開始の時刻だ。国内線ならブリーフィングの一時間半前、国際線なら二時間前には余裕を持って客乗センターに入っておく必要がある。ブリーフィングまでに済ませなければならない作業が色々あるからだ。

私が見たところ、さっきの新人はアウトだ。彼女が乗るだろう便は間もなくショウアップ、つまりプリ・ブリーフィング前の出社確認の時間。彼女は先輩CAが全員着席したカンファレンスルームに飛び込むことになるだろう。
「かわいそうに」

なんて、心にもないことを呟いてみる。まあ、先輩に冷たい目で見られるのも、一つの通過儀礼だから仕方ない。そのうち、スケジュールに記載されている時間から逆算して、自宅を出られるようになる。


「あ。紗世。おはよー」

本館にある客室部のフロアに入ったところで、同期入社の松下百合《まつしたゆり》に声をかけられた。

百合は同期の中で一番気の合う同僚だ。訓練中、何度かペアになり、実技が苦手だった彼女のフォローをしているうちに仲良くなった。休みの日も、一緒に映画やショッピングに出かけるが、彼女の寛大《かんだい》な性格のお陰で一度も喧嘩したことがない。

本人いわく『九州の奥地』の出身で、百合の実家へ遊びに行かせてもらったこともあるが、半径十キロ以内にコンビニもない、でもその分、豊かな自然に恵まれた田舎だった。

そこで農業を営んでいる彼女の両親は、素朴で温かな人たちだった。百合がおおらかなのは、こんな環境で育ったせいなのかと心底、納得したものだ。

「おはよ、百合。あれ？　グロス、変えた？」

間もなく寿退社する予定の彼女は、見るたびに綺麗になっていくような気がする。同い年のはずなのに、あっちは上昇気流でこっちは心身ともに下降気味。

「えへへ。気づいてくれた？　先週、パリでゲットした新色なんだ」

嬉しそうに高級ブランドの名を挙げて笑った彼女は、一足先に社員コード入力を済ませたらしく、端末の前を離れ、フライト・インフォメーションをプリントアウトしている。

それらの用紙にはサポートの必要な乗客――無添乗つまり大人の付き添いがない子供、宗教やアレルギーによる特別食が必要な方やＶＩＰ――機材の種類と駐機場やゲートなど、今日のフライトに関するたくさんの情報が記載されている。

「百合。今日の〝ＣＰ《チーフ・パーサー》〟、誰？」

乗客の情報も大切だが、私たちが一番気になるのは、一緒にフライトする客室責任者、つまりＣＰが誰かという情報だ。

「ちょっと、待っててねー」

百合は、インフォメーションの束から乗務員リストを探しはじめる。

一見、優雅にも見える百合の緩慢《かんまん》な動作に、以前はいらだちを感じたのだが、今は慣れて、『優しいＣＰでありますように』と、念じながら結果を待つ。

私たちが所属する日本国際航空では、ある一定の期間、同じメンバーでフライトする『グループ制』を採用している。同僚の顔ぶれは変わり映えしないが、機長、副操縦士、そしてＣＰだけは毎回違うのだ。

キャビンを取り仕切るＣＰが誰であるかが、ＣＡにとって最も重要なチェック項目だ。

この欄にある名前によってフライトが楽しいものになるか、緊張感に満ちたものになるかが決まると言っても過言ではない。

「げっ……」

ほんわかムードを醸し出していた百合の顔が急変した。その引きつった顔を見て、即座にある嫌な顔が浮かぶ。

「まさか……」

「その『まさか』よぉ！」

「嘘っ。今日のチーフは般若《はんにゃ》様？」

般若様。実の名は荒木慶子《あらきけいこ》、四十一歳、独身。間もなく、マネージャーに昇格するとの噂だ。その異例なまでの出世の早さから、ゆくゆくは客室部の部長になるだろうとも囁かれている。と同時に、怒った時の顔が般若のお面そっくりなので、陰で『般若様』と呼ばれ、若手CAたちに恐れられている。

百合は表情を曇《くも》らせて嘆いた。

「あー、憂鬱《ゆううつ》。この前、英語のドリンクオーダーを聞き間違えたの。そしたら、『いくら結婚退職が近いからって適当な腰かけ仕事しないでちょうだい』って嫌味を言われたばっかりなのよ」

荒木CPは完璧なCA像を追求している。もちろん、部下のCAにも彼女が追い求める理想を押し付けるため、彼女の指導はとても厳しく、些細なミスも見逃さない。だから荒木CPの名前がチーム表の中にあると、部下はピリピリし、憂鬱になるのだ。

新人の頃、機内販売の売り上げ金が合わないことがあり、泣くまで怒られる先輩CAを見て、私は縮み上がった。その先輩は二十代半ばのジュニアCAだった。いくらジュニアとはいえ、そんな年になって泣くほど叱られるという異常事態にビビった。

シニアクラスになれば、さすがに般若顔で厳しく叱責《しっせき》されるようなミスを犯すことはない。失敗しても、百合のように、チクチク嫌味を言われる程度で済むレベルだが、新人の頃にインプットされた先入観はなかなか抜けないものだ。

「じゃ、先に行くね」

立ち直りの早い百合は、書類を持ってプリンターの前を離れた。

突然の任命

荒木CPの名前を聞いたから、というわけでもないが、トイレでネームプレートが傾いていないか、メイク、シニヨンにしたヘアスタイルまで、入念にチェックした。

「ああ。鳥居さん」

トイレを出たところで、背後から呼ばれた。聞き覚えのある声にギクリとして振り返ると、そこにはキャビンの責任者を示す高貴な紫色のスカーフを身につけた荒木CPがいた。

――出た。

フライト中も決して崩れない鉄壁のファンデーションと、薄暗い機内でも鮮やかな発色を見せるリップグロス。が、誰も『チーフ、どこのコスメブランド使ってるんですか？』なんて一歩踏み込んだ会話をできない……。

「チーフ、おはようございます」

そう遠くない将来、客室部の女帝になるであろう上司の顔を見て、キュッと口角を引っ張り上げ笑顔を作ると同時に、胃の上部もキュッと痛くなる。

上体を真っ直ぐに伸ばしてお辞儀《じぎ》をし、再び顔を上げると、いつもは能面のように隙のない笑顔を浮かべている彼女が、今日は心なしか少し柔らかな空気を纏《まと》っているような気がした。

「鳥居さん。あなた、もうキャリア形成期に入ってるわよね？」

キャリア形成期。それはＣＡが乗務歴五年以上のシニアになったことを意味し、後輩の指導育成にあたらなければならない時期のことを指す。

ＣＡは入社後、三か月の地上訓練と座学《ざがく》を経て、実際に仕事をこなしながらの研修、いわゆるＯＪＴ《オン・ザ・ジョブ・トレーニング》に入る。最低六か月間は指導係のシニアＣＡについて、乗務員としてのイロハを学ぶのだ。

「あ。はい。七年目になります」

荒木ＣＰは深くうなずいてから続けた。

「今日から新人の指導をしてほしいの」

――マジか。ついに来た……。

自分が受け持つ新人のミスは、もちろん指導係の責任だ。ＣＰにどやされる確率は倍増するし、仕事を教えながら自分の持ち分をこなすのは、かなり面倒くさい。

いつかこんな日が来るだろうとは思っていたが、よりによって、自分の未来を見失っているこの時期に、後輩の指導をする羽目になろうとは。仕事への情熱も、将来へのビジョンもない私が、『大空をかける青春』を夢見て、希望に胸膨らませているであろう新人の教育をするなんて、申し訳なさすぎる。

「チーフ。あの……」

少しでも先送りしたい気持ちが口を突いて出そうになったのだが、荒木ＣＰは、私の気持ちになどお構いなく話を進める。

「こちら新入社員の夏目航君《なつめわたる》」

――えっ、いきなり今日から⁉

動揺を隠し、チーフの後ろに目をやる。

――でかっ！

チーフにばかり気を取られて、背後の長身に気づかなかった。

新卒だから二十二、三歳だろう。背が高いだけでなく、肩幅もあり、男性乗務員が着用する黒いブレザーの制服が似合っている。どこから見ても、立派な成人男性なのだが、瞳が少年のように澄んでいた。私に向けられている笑顔にも邪気が感じられない。今どき、中学生でももう少しスレた顔をしていると思うのだが。

「初めまして。夏目です」

荒木ＣＰの横に立った新人が右手を差し出した。

「え？　あっ、鳥居紗世です」

新人から握手を求められたのは初めてで、ちょっと戸惑った。仕方なく握り返した夏目の手は、意外なほど大きい。

「夏目君の所属は客室部ではなく、総務部からお預かりする新卒トレーニーです」

ああ、そういうことか、と納得した。

つまり、夏目航はＣＡの卵ではなく、幹部候補生らしい。

どこの航空会社でも、新人研修において、接客関連の業務を最も重視している。

我が日本国際航空でも、総合職として入社してきた新入社員には、必ず客室業務やカウンター業務、営業業務などを経験させ、じかにお客様や旅行会社の声を聴かせる。会社がお客様の支持なしには立ち行かないことを認識させるためだ。

新入社員のなかでも『0《ゼロ》次選抜』と呼ばれる、いわゆる超青田買いで入ってきたエリートには、お客様の反応をダイレクトに感じることができるCA業務をいち早く経験させることになっている。しかも三か月をかけて。

夏目航は選ばれし者だけに与えられるこのスペシャル研修コースに入るらしい。相手がエリートだと思うと緊張はするが、夢いっぱい、CAへの憧れと期待を胸に私を見つめてくる新人よりは少しはマシな気がした。あくまで、多少だが。

「夏目君。今日から三か月間、鳥居さんにあなたの指導をしてもらいます。彼女は判断力もあるし、ソツがない仕事のできるCAだから」

荒木CPが私を教育係に選んだ理由を述べる。

「ソツがない仕事……」

思わずおうむ返しに呟く。それって褒め言葉なのだろうか、と首を傾げつつ。

「鳥居さん。私はあなたを高く評価しています。だからこそ、彼を任せたいの」

え？と、上司の真意を探るような気分で、荒木CPの美しく整った顔を、思わず見てしまう。仕事に対する情熱を失いかけている自分が、彼女のように『完璧な仕事』を求める

CAから評価されていることが不思議だったのだ。

——荒木CP、それ本気？　それとも嫌味？

尋ねたい衝動に駆られるが、学生時代にミス日本の最終候補に残ったという美貌と大女優のような風格に怯《ひる》んでしまって、なにも言えない。

「期待してるから」

実状はどうあれ、その言葉が嬉しくないはずもなく、

「ありがとうございます。がんばります」

心にもないことを口走りながら頭を下げてしまう私。

「それじゃ、よろしくね。行きましょう、夏目君。プリ・ブリーフィングの前に他のCAにも紹介するわ」

「はい」

夏目航はうなずき、私にも小さな会釈を残して、荒木CPと一緒に廊下を歩いていった。形のいい後頭部。網膜に残った綺麗な瞳と真っ白な歯列。男でも女でも、やっぱり、新人の笑顔は爽《さわ》やかだ。

——ま、仕方ないか。

般若様のお褒めの言葉がボディブローのようにじわじわと効いてきて、諦めモードにシフト。残念ながら、今の私にはこの会社を辞める理由も、転職希望もない。当面、ここ以外に居場所のない私の使命は、あの新人にCAのイロハを教え込むことだ。そう覚悟を決

め、二人の後ろ姿を見送った。

ふと腕の時計を見ると、間もなく出発の一時間前。ちょうどいい時間だ。

私は背筋を伸ばし、乗務前の打ち合わせ、いわゆるプリ・ブリーフィングが行われるカンファレンスルームに入った。


広々としたカンファレンスルームには大きなテーブルが点在し、同時に十組以上のフライトチームが打ち合わせを行えるようになっている。奥は一面がガラス張りになっていて、滑走路が見渡せる。社内の打ち合わせ用にはもったいないロケーションだ。

ぐんぐん加速する機体がフワリと宙に浮く様子をぼんやりと眺めていた時、ようやく百合がカンファレンスルームに入ってきた。私より先に客室部を出たはずなのに、またどこで油を売っていたのやら。

「あ、紗世。聞いた？」

私を見つけた百合がニコニコしながら走り寄ってきた。

「どうしたの？」

「今日のキャプテン、プールにも行ってないのに、プール熱でダウンだって」

「ああ。あれってプール以外の場所でもうつるんだって」

「そうなんだ。とにかく今日のフライトはアウトで、スタンバイの杉浦《すぎうら》機長に交替だって！」

スタンバイ。それは乗務員の宿命とも言える自宅待機日のことを言う。体調不良や緊急の私用で欠員が出ることを想定し、ローテーションの中に組み込まれている。たいていは本来の乗務予定の前日に設定されていて、いざ『稼働』となれば色々な予定が狂う。翌日のフライトはなくなるし、次のオフも一日ズレる。美容院も飲み会もゴルフも。予約という予約は全部キャンセルになるのだ。

「へえ、お気の毒に」

他人の不幸が、百合にはどうしてそんなに嬉しいのかわからない。

「紗世ってば、見てないの？　今年のＪＩＡ《ジェイ・アイ・エー》のカレンダー」

「カレンダー？　広報が毎年、株主向けに作って配るやつ？」

「そう、それ！　いつもは世界の絶景なんだけど、今年は趣向を変えて、ビジュアルのいいＣＡや地上スタッフをモデルに使ってるの。そのカレンダーの十二月が杉浦機長なのよ。制服の上にカシミヤのコートを着て、プレゼント持って。ナイスミドルのクリスマスって感じで、超カッコいいんだから！」

「へえ……。いつ撮影したのか知らないけど、さぞかし暑かっただろうね」

そのカレンダーは会社からもらったものの、部屋の隅に丸めて置いたまま、見てもいなかった。たしかに杉浦機長は年の割にカッコいいとは思うものの百合が、こんなに騒ぐのは意外だ。

「テンションあがるよねー」

百合が祈るような仕草で指を組む。

まあ、彼女はかなりのミーハーだ。アイドルはもちろん、若手俳優からお笑いタレント、スポーツ選手、海外のミュージシャンまで話題のイケメンは必ずチェックしている。婚約してもそういうところは変わらないようで……。

客室部からここへ移動する間に収集してきたらしい情報に、女子高生のようにウキウキしている百合。

——なんだか羨《うらや》ましい……。

訳もなく溜め息をつきながら、大きなテーブルに百合と並んで座った。

席順は時計まわりにチーフパーサー、アシスタントパーサー、シニア、ジュニアと、序《じょ》列《れつ》が決まっている。航空業界は、非常に厳密な階級社会なのだ。

「わっ！　誰？　あのイケメン！」

椅子に座った途端、百合が声を上げる。たった今、渋い機長の話をしていたのに、今度は目ざとく若手を射程距離に捉える。

「夏目航。新人だって」

自分が夏目の教育係だということはいずれバレることだが、今はなんとなく言いたくなかった。

「初々《ういうい》しいし、爽やかでいいねー」

うっとり見惚れる百合の前に、荒木ＣＰが夏目を引き連れてやってくる。これから一緒にフライトするCA一人ひとりに夏目を引き合わせ、丁寧に顔合わせをしているようだ。

「松下さん、こちらは夏目航君。今日からOJTに入ります」

「はい、荒木チーフ。夏目君、松下です。よろしくお願いしますね！」

——ブリーフィングの時、全員に紹介すれば済むことなのに。なんだか、すごい熱の入れようだわ。

夏目航も将来性のある総合職の一人には違いないのだろうが、航空会社では事務方《じむかた》よりパイロットや客室乗務員の方が優遇され、幅を利かせていることが多い。それなのに、客室部の女帝に君臨する日もそう遠くなさそうなCPが、ずいぶんと新人に気を遣っているように見える。

そんなことを考えながら、挨拶を終えた荒木CPと夏目をなんとなく目で追っていると、夏目がクルリと振り返り、笑顔でぺこりとお辞儀する。しつけの良い大型犬みたいだ。

「こうして見ると、やっぱり荒木チーフは美人だな」

百合がつぶやく。

確かにあれほど美しい四十一歳は、街を歩いていても、そうそうお目に掛かれないとは思う。なによりオーラがすごい。けれど、加齢による肌のくすみや目の下のクマはファンデやコンシーラでは隠せなくなっている……。

乗客の中には若いだけのCAを期待する人もいる。CAをただのウエイトレスだと思っている乗客たちだ。

欧米のエアラインの中には、通路でお客様とすれ違うことが困難なほど豊満な中年の乗務員がいたりするが、アジアの外資系エアラインの中には、採用広告に『容姿端麗』『身長体重制限』『四十歳定年』という条件を当たり前のように謳《うた》っている会社もある。しかし、CAの仕事は接客だけではない。保安要員としての側面も大きいのだ。

機内でサービスを提供するCAの姿はよく知っていても、緊急時に動く姿を見たことのある乗客は少ないだろう。乗務歴が長いCAほど、エマージェンシー訓練をたくさん積んでいるから、いざという時に頼れるのは年長のCAなのだが。

——私は乗客の前に出るのが憂鬱《ゆううつ》になるような外見になっても、乗務を続けられるんだろうか。

入社する前は、それなりにCAへの憧れがあった。が、理想と現実にはギャップがある。乗客の視線を集めて颯爽《さっそう》と歩いている時間よりも、キャビンを整えたり、サービスの準備をしたり、と雑用に費やす時間の方が多い。CAとしての経験は増えていくが、雑務をうまくこなせるようになっただけという気もして、空しい時がある。

入社から七年の歳月を経て、今やこの仕事に執着や未練はない。かと言って、大手航空会社社員というステイタスを捨てる勇気もない。そんな私が今、切実に求めているもの。それはCAを続けるための張り合いか、さもなくば、カッコ良く辞めるための理由かも知れない。

せっかく荒木CPに持ち上げられて浮上しかけた気持ちが、再び低迷しはじめていた。

新人、やらかす

「それではじめましょう。夏目君、今日は私の隣の席でいいわ」

夏目を従えたCPが着席したのと同時にプリ・ブリーフィングが始まった。

アシスタントパーサーから、最初にフライトについての大まかな説明がある。

「本日のシップはエアバス380です。天候については後ほど機長からも説明があると思いますが、運航部の話によると概ね良好とのことでした」

シップ、つまり使用する旅客機の種類によって乗務員の数は違うが、導入したばかりのエアバス380だとJIAの場合、CAは十三名。その十三名全員が、これから乗務するシップの機内図やバインダー式の分厚《ぶ》いマニュアルを手にして、プリ・ブリーフィングに臨むのだ。

「この機材は、これから羽田を出て新千歳へ行き、そのまま羽田への折り返し便になります。その後、給油して羽田を出発し、最終目的地は福岡になります。本日は福岡で一泊、翌日は自社便で乗務なしの羽田移動となります。今日のフライトの重点目標はダブルチェックの徹底です。次に……」

今日のフライトの流れと重点目標についての説明が終わる。これをメモしておかないと、フライト後のデブリーフィングで反省を聞かれ、しどろもどろになってしまうのだ。

「インフォメーションは以上です。それでは……」

最後にアシスタントパーサーが言葉を区切った瞬間、CA全員に緊張感が走る。ここから、恒例のエマージェンシーに関する一問一答が行われるのだ。

「松野《まつの》さん、火事が起きた時の対処法と消火器の使い方を言ってみて」

「米田《よねだ》さん、酸素ボトルの使い方は？」

「森《もり》さん、緊急時のドア操作の手順を言ってください」

という具合に一人ずつ指名され、緊急時の対応や手順を答えさせられるのだ。

新人の頃はこれが一番のストレスだった。分厚い客室乗務員マニュアルの中から、どこが質問されるかは、その瞬間までわからない。当てられた後でマニュアルをめくるようなことはタブーだ。中には、事前に『今日はこの辺りを聞くからね』と教えてくれる親切なパーサーも居ないこともないらしいが、少なくとも私はそんな神様みたいな上司に当たったことがない。

——夏目航もさぞかし緊張した顔をしていることだろう。

さりげなく荒木CPの横を見ると、彼は重々しくうなずいていた。しかも腕組みをしながら……。

あたかもプリ・ブリーフィングの視察をする重役のようだ。が、もちろん彼はただの新人なので、「では最後に夏目君。ハイジャックの時の対応は？」と、質問を投げかけられる。するると、指名された夏目はビックリしたような顔で目を瞬きながら聞き返した。

「ハ、ハイジャックですか？」

そもそも、一問一答を聞き返すなんて前代未聞だ。

「そうです。ハイジャック発生時のＣＡの対応を答えてください」

質問したアシスタントパーサーの方がたじろぐような表情になりながら、質問を繰り返してしまう。

彼は腕組みをしたまま、深く考え込むような顔になった。

「……まず、相手を刺激しないように落ち着け、と声をかけます」

クルーの全員が、夏目の口から出たとんでもないイレギュラーな回答に息を呑む。そんな周囲の空気は無視しているのか感じていないのか、彼は朗々《ろうろう》と続けた。

「次に、こんなことをしようと思った理由を聞いて、ハイジャックなんかしたってロクな結果にはならないことを、過去の事例を引用しながら、思いとどまるよう説得します」

――お前は刑事《デカ》か。

心の中で、思わずツッコミを入れてしまう。

「たとえば、一九七二年五月にウィーンで起きたハイジャック事件では……」

ついに過去のハイジャック事件をひもときはじめた。そこにいた全員の目が航に釘付けになる。それでも夏目はお構いなく話を進めていく。

「この時、爆破準備にかかった犯人を機長が説得し、事なきを得たのが好例です。つまり、ハイジャック発生時の初動としては……」

滔々《とうとう》と続く夏目のハイジャック事件解決法に、若いCAたちがクスクス笑いはじめる。

この質問に対する正解は、「コックピットや地上への迅速《じんそく》な連絡、そして、乗客の安全確保や誘導」だ。

なぜそこで犯人を説得するという発想になるのか、まったく意味がわからなかった。

「夏目君、もういいです」

それまで目をパチパチさせながらも、黙ってハイジャック発生から犯人の身柄確保までのプランを聞いていたアシスタントパーサーが、発言を止めた。放っておいたら夏目は犯人説得の定番、童謡『ふるさと』ぐらい歌い出しかねない熱中ぶりだったのだ。

——この子、バカなの？　それともデキる男演出中の、勘違いくんなの？

呆れかえってしまった。

通常、この一問一答に正解できなかった場合、保安要員としての常識と資質が疑われ、フライト中、ことあるごとにCPから嫌味を言われる。しかも、今日のCPは新人教育に最も厳しい荒木CPだ。まあ、鉄は熱い内に打てって言うから……。

——さあ、荒木チーフ。存分に天誅《てんちゅう》を加えてやってください、このド新人に。

いつものように逃げ道のない完璧な理詰めによって、夏目航が粛清《しゅくせい》されるのを期待したのだが、荒木CPは引きつった笑顔を浮かべたまま、動かない。

「ユ、ユニークな答えだったわね。確かに犯人を刺激しないことは大切です。鳥居さん、後で夏目君にマニュアルに基づいた方法を指導してください」

荒木CPが何も言わなかったせいか、アシスタントパーサーも私に指導を押し付け、プリ・ブリーフィングは終了してしまった。

――は？

的確かつ痛烈なお小言《こごと》を待ち構えていた私は、肩透かしを食《く》ったような気分になった。

「それでは、本日のフライト、よろしくお願いします。手の空いている人からシップへ向かいましょう」

荒木CPの言葉に全員がお辞儀をして、席を立つ。自分と同じくみんな動揺しているだろうに、見事に揃った美しいお辞儀だったのは、さすがだ。

――なんなのよ、もう。あんな得体の知れない新人の面倒をみなきゃならないなんて、マジで荷が重いわ。

ムカムカしながら書類を片付け、カンファレンスルームを出る。

「紗世ー。待って待ってー」

廊下に出たところで百合が駆け寄って来た。

「やっぱ、カッコいいじゃん、夏目君。紗世のトレーニーなんだってね。羨ましい！」

小さな声だが、興奮は抑えきれず弾んでいる。

「へ？」

あのブリーフィングを見て、どこがカッコいいと思ったのかよくわからない。

「替われるものなら、替わってほしいわ」

「そんな贅沢なこと言ってー。あんなシュッとしたトレーニーと一緒なら、仕事にも張り合いが出るでしょ」

「残念ながら、恋愛対象外よ。年下って、ワガママそうだし、知らないことも多そうだし、面倒くさいじゃん」

「そう？　もったいない」

百合が、ふふふ、と笑う。

「百合。もうすぐ人妻でしょ？　若いトレーニーなんかによそ見しててもいいの？」

「だって、イケメンはイケメンだもの。婚約中だって、目の保養ぐらいしてもいいでしょ？七つ年下の男の子って肌が綺麗って思うくらいは。ね？」

ピンク色のグロスを控えめに塗った唇を色っぽく尖らせて、百合は先に歩いていく。

このところ急に女らしく垢抜けた彼女を見ていると、結婚願望が頭をもたげる。いや、寿退社をするにしても、まず、恋愛というステップを踏まなければならないのだが。

――恋愛……。あれからもう二年、か。

最後の恋の記憶は、小さなわだかまりとなって、まだ心の隅に引っかかっている。

自ら決めた別れだった。後悔はないはずなのに、その後、誰とも付き合う気になれないでいる。紹介やパーティーで異性との出会いはあったのに。

――いやいや、元彼を引きずるなんて、私らしくもない。そろそろ新しい恋に踏み出さなきゃ、このままじゃダメだ。前へ進むのよ、紗世。

まずは恋コスメでも買おう。いや、婚活メイクのリサーチかな？　とりあえず今晩にでも、百合にさっきのグロスの品番を聞こう！と、自分自身に気合いを入れる。

「鳥居さん、すみません。僕、ケータリングの担当って言われたんですけど」

その時、不意に投げかけられた声に、ハッと我に返った。

真横に、夏目航が担当コンパートメントの記載された用紙を持って立っている。

——い、いつの間に……。お前は忍者か。

ツッコミたくなる気持ちを抑え、笑顔を作った。

「え？　夏目君、いきなりギャレー担当なの？」

ケータリング担当だと、機内でサービスする調理場《ギャレー》の仕事が主になる。他の持ち場より準備に時間が掛かり、やることも多い。

「みたいです」

業務の内容がわかっていないからだろう。平然としている。

「じゃあ、みんなより先にシップへ行った方がいいわ。機内でのクルー・ブリーフィングが始まるまでに、ミールの数をチェックして、クッキングの準備をしとかなきゃ」

——うん？

私はあることに気づいた。国内線で食事のサービスがあるのはプレミア・クラスだけだということに。

「というか、夏目君、プレミア・クラスの担当で合ってるの？　新人が上のクラスを受け持つことはあまりないんだけど」

プレミア・クラスは国際線でいうビジネスクラスに相当する。国際線のファーストクラスとまではいかないが、国内線では最高ランクのサービスが提供されるシートだ。座席はゆったりとしていて、アルコールや軽食もつくが、料金はエコノミーの約二倍。

とは言っても、国際線と違い、乗っている時間はわずか一、二時間と短い。にもかかわらず、わざわざそれだけのお金をかけて贅沢に空の旅を楽しむ乗客は、特別な日に記念旅行をする人だったり、常連のお金持ちだったり、芸能人だったり――とにかく、特別なお客様が多いのだ。それだけに、気を遣わなければならない場面も多く、普通は新人がこのクラスを受け持つことはない。

「普通、指導係がトレーニーの持ち場へ移動するんだけど、申し送りがなかったわね」

「荒木ＣＰから、羽田―千歳間の往復は鳥居さんと一緒にプレミアへ行くように言われましたから、間違いないと思います」

夏目が鷹揚に微笑む。この余裕はなんなのか……。ゆとり世代とはまた違うそれに違和感を覚える。

「わかりました。では、移動しましょう」

荒木ＣＰの指示だというのなら、ここで持ち場に相応なＣＡのステイタスについて話しても仕方がない。とりあえず、他のキャビンクルーたちより一足先に本社ビルを出て、空港へと向かった。

「それはそうと、夏目君。一問一答にきちんと答えられるようにマニュアルは丸暗記してきてね」

アシスタントパーサーの言いつけとおり、夏目に指示した。

「マニュアルは完全に頭に入ってます」

「は？」

「ですが、一問一答は実際に目の前で事故や事件がおきているぐらいの緊張感をもって、リアルにやるべきです」

——この子、なに様なの？

怒りに拳を震わせながら、ＪＩＡの本社ビルと直結している通用口から空港に入った。出発ロビーを横切り、クルー専用の通路を歩いて出発ゲートへ向かった。この経路は一般客は使えないため、混雑することもなく、手荷物検査もスムーズに終わる。

「空港って、足を踏み入れるだけで、どこか特別な空気を感じられる場所ですよね」

横に並んで歩きながら、夏目が感慨深そうに言う。

「そう？」

確かに新人の頃はそんなふうに思ったかも知れない。けれど、七年も通っていると、もう何も感じなくなる。改めて年齢差を痛感した。

新人、またも、やらかす

まだガランとしている搭乗ゲートからビルとシップを繋《つな》いでいるブリッジを通って機内に入った。

「プレミアクラスは上ね」

エアバス380はメゾネットになっていて、二階の前方には、国内線ならプレミアクラス、国際線ならファーストクラス、という風に一番いいクラスが割り当てられている。

「ここが、今日の持ち場よ」

私たちが二階のギャレーに入った時、それを待っていたように作業着姿のガッチリした男性が二人、台車を押してやってきた。ケータリング業者の搭載スタッフだ。

「お疲れ様です」

こちらに声をかけて、早速、ミールや飲み物の搭載をはじめる。

「こんにちは。よろしくお願いします」

挨拶を返し、食料品の積み込みが終わるのを待つ。私の横に立って、彼らの作業を見守っていた夏目が、不意に、「お手伝いしましょうか?」と申し出た。

——は?

いくら男性とはいえ、積み込みを手伝うCAなんて聞いたことがない。

「いえ。段ボールで指を切ったり、足の上に落としたりすることもあるので。これから乗務されるCAさんにケガでもされたら大変ですから」

ありがたいことにスタッフは笑顔で流してくれ、そのまま作業を進める。

「これで全部です。下の積み込みが終わったら、サインを頂きにきます」

キャップのツバを指先でつまみながら会釈をしたスタッフは、軽快な足取りで階段をおりていく。

「カッコいいっすね、搭載の人」

惚れ惚れするような顔つきで業者を見送る夏目。

「あのねー」

私は黙っていられなくなった。

「搭載の手伝いは、CAの仕事じゃないから」

「それはそうですけど、ただ黙って見てるってのも……」

「そういう前例をつくっちゃうと、他の男性CAが手伝わなかった時、感じが悪くなっちゃうでしょ？　それに、やったことのない人が手伝うと逆に時間が掛かっちゃうのよ」

「そうか……。気づきませんでした」

夏目が申し訳なさそうな顔をした。

――わかればいいのよ。

「搭載が終わったら、ギャレー担当者は必要なものと数量が全て揃っているかをチェックして、最後に書類にサインするの。ほら、数えて」

夏目に指示してそれぞれの数量をカウントさせる。

「いちいち数えるんですね」

搭載品の多さを見て、夏目が辟易《へきえき》したように言う。

「業者さんも数えてるから、不足が出るなんてことは滅多にないんだけど、飛行機は一旦この駐機場を離れたら、たとえ積み忘れがあったとしても、もう戻ることはできないわ。だから、このタイミングで入念にチェックするの」

「じゃあ、万一、足りなかったら責任問題ですね。結構、ストレスあるんだな、この数量チェック」

夏目の発言は、なんとなくCAの仕事を甘く見ている人間の感想みたいに聞こえた。

「こんなの、ストレスの内に入らないわ。間接部門で働く人にはわからないかも知れないけど、客室部のCAなら新人でも普通に責任持ってやっていることよ」

イラッとしてつい語気が強くなる。

CAの仕事は、チェック作業といっても過言ではない。たとえば、ドアモードの切り替えチェックもCAの責任だ。万一、着陸前に手動に切り替え忘れたドアがオートマチックのまま着陸したら大変なことになる。正常な着陸をシステムが緊急着陸だと認識して、車輪が接地した時の衝撃で自動的に脱出シューターが飛び出してしまうのだ。必ず着陸前に手動に切り替えておかないと、大事故になりかねない、責任重大なチェックだ。

「航空会社ってほんとにCAさんたちに支えられてるんだなあって、つくづく思います」

――でた！

真っ直ぐな目をして、またもや上から目線のコメント。

「ねえ。夏目君って、いったい何者？」

「は？　何者って、僕はただの新人トレーニーですけど」

きょとんとしている。

「だとしたら、出世するわ。超大物に見えるから」

「マジっすか？」

「…………」

まったく嫌味が通じない。本人は『出世する』と言われて本気で喜んでいる。普通は、新人CAが乗務歴七年のシニアに『超大物だ』なんて言われたら、震え上がる場面だ。

遠回しな言葉が通じないとわかった私は、はっきりと宣言した。

「言っとくけど、私、夏目君を総務からの預かりものだなんて思ってないから」

「え？」

私が言っている言葉の意味がわからないらしい。

「私が教育するからには、一人前のCAにするつもりでやるから」

すると、夏目はキリリとした顔になる。

「俺もそのつもりです！」

即座に言い切った。

——ダメだ。絶対わかってない。しかも、いつの間にか一人称が『俺』に変わっている。

「じゃあ、夏目君は少しぐらい厳しく指導されても、パワハラだのモラハラだの、言わないよね？」

「え？　あ、はい。まあ……」

——それなら、体で覚えさせてやる。

「ほら。さっさと数えて。伝票と合わなかったら、もう一回、数え直すのよ？」

作業を促《うなが》し、腕組みをして搭載品の数量チェックをしている新人を見守った。

「鳥居さん。オッケーです。全部揃ってます」

ちょうどいいタイミングで搭載スタッフが上がってくる気配がしたので、素早く最終確認を済ませ、今日のプレミア・クラスのギャレー責任者として書類にサインをした。

「お疲れ様でした」

指導しづらい新人のせいでいつの間にか眉間《みけん》に寄っていた皺を緩め、業務用の笑顔を作って、搭載スタッフに書類を返す。「夏目君。次は、ミールの温めからやってくれる？」

「新人なんだから、ラバ……つまりトイレのチェックは率先してやってね」「通路を歩く時、お客様のアイコンタクトを見逃さないでね。このクラスは、料金が高い分、サービスへの期待も大きかったりするから」。

新人でもできそうな仕事を矢継ぎ早に割り振っていく。夏目は真摯《しんし》な態度でメモを取り、一つひとつの指示に対して、素直に「はい」「わかりました」と返事をする。

――なかなか素直じゃん。

そう思ったのも束の間だった。

「シップが安定高度に達したら、コックピット・クルーの飲み物のオーダーも聞いてね。コーヒーや紅茶の場合はミルクや砂糖の量も聞くのよ？」

操縦席の仕事を頼んだ時だけ、彼はふと、ペンを動かしていたメモから顔を上げた。

「それ、俺がやらなきゃダメですか？」

「はい？」

何を言われたのかわからず、思わず、聞き返してしまった。

「俺がコックピットに入ったら、空気が悪くなるかもしれません」

「は？」

意味がわからない。

「なんで夏目君がコックピットに入ったら、空気が悪くなるわけ？」

踏み込んで聞くと、彼は考え直したように答えた。

「わかりました。安定高度に達したら、オーダーを聞きに行きます」

その手の平を返したような言い方がかえって気になり、彼をコックピットへやるのが不安になった。

「ちょっと待って。やっぱりそれは私がやります」

「その方がいいと思います」

——はあ？

知らず知らず握りしめた拳が震えていた。

「いい？　とにかく。あなたはジュニア、見習いなんだから、先輩CAが雑用をやっているのを見たら『替わります』って申し出ること。いいわね？」

自分の立場をわからせるため念を押す。すぐに彼は「はい」と、従順な態度に戻った。

——変な感じ……。

もやもやした気分は残ったが、やがて他のキャビンクルーたちも搭乗してきて、シップの中が慌ただしくなり、その一件は忘れてしまった。


しばらくして、コックピットから出て来た機長と副操縦士《コパイ》がプレミア・クラスの前方に立った。

「じゃあ、ブリーフィング、はじめようか」

制帽を脱いだ機長の一声で全員が作業の手を止めて集まる。

こうして二回目のブリーフィングが始まる。

航空業界には、三種類のブリーフィングがある。一般に『ブリーフィング』と呼ばれているのは、出発前に客室乗務員だけで行う『プリ・ブリーフィング』のことだ。フライトが終わった後に行われるブリーフィングは『デブリーフィング』、通称『デブリ』と呼ばれる反省会。そして、これから行われるのは、機長、副操縦士といったコックピット・クルーを交えて行う『クルー・ブリーフィング』だ。これは機内で行われることが多い。

——へえ、杉浦機長って、五十歳になったんだ。

杉浦機長とのフライトは久しぶりだ。

初めて見た時とそう変わらない容姿と、修正された乗務員リストの年齢を見比べる。

今日のフライトの最高責任者である機長は杉浦真一《しんいち》。さっき、百合が言っていたナイスミドルだ。バツイチだが、渋い俳優みたいなルックスで、シニア以上のCAにとても人気がある。リストによれば、今日の副操縦士は機長より十歳以上若いはずなのだが、彼の横に立つと、その存在が霞んで見えるほどだ。

そんな見た目の良さだけではなく、彼にはオプションが付いている。JIAの元役員、杉浦元顧問の息子だ。杉浦元顧問は退職して二十年が過ぎているのだが大株主で、未だにその発言は会社に影響力を持つと言われている。

外見と毛並みの良さもさることながら、操縦の腕も確かなベテランパイロットで、大臣クラスのVIPを乗せるフライトにも抜擢《ばってき》されるグレートキャプテンときているから、天は二物も三物も与えすぎだと思う。

傍目には恵まれすぎているように見えるこの天才パイロットが奥さんと破局したのは十五年以上前のことらしい。こんな逸材と別れる理由がわからない、私なら何があっても別れない、と女性社員たちが口を揃える。性格の不一致とか浮気とかすれ違い生活とか、芸能人みたいな離婚理由が憶測で囁かれているが、噂ばかりで、真相はわからない。

――ま、パイロットはモテるみたいだから、色々あるんでしょうよ。

そんな皮肉めいた気分になりながら、いつもよりメイクが念入りに見えるベテランＣＡたちを眺めた。彼女たちが、杉浦機長を見ながら中高生のように小声で囁き合っている様子を牽制《けんせい》するように荒木ＣＰが咳払いをひとつ。それだけで、機内がシンと静まりかえる。

「本日、機長を務めさせていただく杉浦です。よろしくお願いします」

杉浦機長の低い声。

――声まで渋いんだよね、この人。

なんて、どうでもいいことを考えながら、メモの用意をした。

「本日のフライトは同じ機材で羽田から千歳、千歳から羽田へ戻り、最後に羽田から福岡へ飛ぶ、３レグになります。最終、福岡到着は十六時十分の予定です」

『レグ』というのは乗務する路線の本数のことだ。国内線の場合、だいたい一日のレグ数は２から４路線だ。

今日のような３レグの場合、その日の内にホームである羽田空港には戻れない。だから、最終目的地に一泊し、帰りはそこからホームへ戻る路線で乗務することもあれば、乗務せずに自社の飛行機に乗って移動することもある。

「気象条件は概ね良好ですが、季節がら積乱雲が発達しやすくなっています。離陸する際、滑走路の上空に雲が発生している場合は、揺れが予想されます」

杉浦機長の心地よいテノールが客室《キャビン》に響く。

「機体が安定しない場合、離陸後二十分ぐらいはベルトサインが消せませんので、申し訳ないが、サービスを手早くお願いします」

グレートキャプテンはＣＡへの配慮も忘れず、機内サービスについてのコメントを付け加える。

天候情報のあと、飛行ルートと機体の説明があったが、十分ほどで終了した。さすがにムダがない。端的でありながら、話の中に必要な情報が集約されている。

クルー・ブリーフィングは長いと搭乗準備に支障が出る。かと言って安全に関わることだから、おろそかにもできない。今日ぐらいが、ちょうどいい長さに思えた。

「では、準備に戻ってください。いいフライトにしましょう」

と、機長が軽く締めくくった。

堂々として頼りがいのありそうな機長による無駄のないブリーフィングだった。その余韻に浸っているかのように、ＣＡたちは立ち去る機長を見送っている。が、夏目はブリーフィング終了と同時に、そそくさとギャレーに入っていった。

――マイペースにもほどがある。

思わず、怒りが再燃しそうになった。

一方の杉浦機長は操縦室のオートロックを解除しながら、持ち場へと散りはじめるＣＡたちをチラッと振り返った。何かを探すように視線を流す機長と、なんだろう？と不思議に思っている私の視線とがぶつかった。すると機長は、唐突にニコリと笑って操縦室へ入って行く。

——え？　今の笑顔は何なの？

不思議に思ったが、その直後、新聞の束を持ってウロウロしている夏目に、

「鳥居さーん。ここに余ってる新聞って、どうしますー？」

と呼ばれ、搭乗口に向かった。

「これはこうして並べるの。ＣＡがお客様に直接手渡す分とは別にね」

入り口の小さなスペースに、新聞と雑誌を並べてみせた。搭乗してくるお客様が手に取りやすいよう、間隔を空けておいていく。

再びギャレーに戻って、トレーやおしぼりを置く籠を取り出しやすいよう並べ替えているうちに、乗客の搭乗時間になった。

「そろそろお客様が乗ってくるボーディングタイムよ。お迎えに行かなきゃ。ほら早く」

ひととおりの準備を終え、夏目を乗降口へと追い立てる。シップの前方にあるＬ１乗降口は国内線ならプレミア・クラス、国際線ならファーストクラスの乗客が優先的に出入りする扉だ。

夏目の隣に立って、背筋を伸ばして立つ。

ちょっと変な新人にも手間がかかりそうだけど、ＣＡのお仕事はお客様優先。しっかりお迎えしなくては。

こうして今日も一日が始まる。

——いつもと違うのは、網膜《もうまく》に残った杉浦機長の笑顔と、荒木ＣＰに背負わされた〝トレーニー〟という名のお荷物だけど。

羽田—福岡

1レグは、羽田―新千歳

「こんにちは」

「ご利用、ありがとうございます」

時間帯によって挨拶の言葉が「おはようございます」や「こんばんは」に変わったりもするが、大体、この二種類の言葉で乗客を出迎える。今は八時を過ぎたところなので「おはようございます」だ。が、荒木CPぐらいの大御所になると、

「ようこそ。日本国際航空へ」

なんて、乗客を自分の牙城に招き入れるようなセリフを平然と言ってのけたりする。これを聞くと、なぜか背中がぞわっとするのは私だけだろうか……。

身をよじりそうになるのを我慢して、私が笑顔を作り続けていた時、いきなり夏目が、

「ようこそ、日本国際航空へ」

と言い放った。

「やめなさい。そのセリフ」

荒木CPに聞こえないように声を潜《ひそ》めて注意したが、本人はポカンとした顔だ。

「え？　使っちゃダメなんですか？」

「マニュアルにないセリフを言うのは百万年早い」

彼は「はあ……」と生返事をしたものの、納得がいかないような顔をしていた。

「いらっしゃいませ。あ、Cの3番のお席でございますね？　こちらの通路左手でございます」

百合が、乗客の搭乗券を覗き込んで手の平で座席の方角を示しながら、満面の笑みを浮かべている。その瞳は眩しいほどキラキラしている。もともと二重《ふたえ》のパッチリした目許ではあるが、以前はここまで瞳が輝いてはいなかった。

――結婚効果なんだろうな、きっと。

そのくせ「見た目も収入も普通なの。ほんとに平凡なリーマンなのよ」とか、困ったような顔をして愚痴を言うのが不思議だ。

ステイタスのある婚約者を乗せて最後の乗務を行う、いわゆるラストフライトはCAの夢だ。同僚からは羨望の眼差しを、機長からは労《ねぎら》いの花束を受け取り、美しい涙を流す。もう少しだけ、この制服を着ていたかった、と。

百合はこの『ステイタス』の部分が不満なのかも知れないが、オフの日に日本一有名なテーマパークで撮ったというスマホの写真は、羨ましいぐらい幸せそうに見えた。

百合みたいに素敵な寿退社が間近に迫っているのなら、私だって今ごろ極上の笑顔を浮かべて乗務していることだろうと思う。

――そうだ。まずは、新しい出会いが必要だ。

自分自身の決意に「よし」と、一人うなずいていると、

「鳥居さん、まだ誰か乗ってこられるんですか？」

夏目に不思議そうな顔で聞かれた。

見れば、すっかりＣＡも搭乗客もいなくなったスペースに、雑誌を抱えてぼやっと立っている新人と二人きりだ。

「え？　い、いいえ」

決意に握りしめていた拳を緩め、踵《きびす》を返した。

「じゃ、座席の背もたれが正常な位置に戻っているか、アッパーの収納がちゃんと閉まっているか、一緒に確認していきましょう」

夏目は通路を歩きながら、手荷物の収納に手間取っている乗客の手伝いをしたり、ヘッドホンの使い方を教えたりしている。思ったより、『気がつく』タイプだ。


やがて、搭乗案内と座席や収納のチェックが終わり、シートベルト着用のサインが点灯した。間もなく離陸だ。スマホを機内モードに切り替える時、母からのメールに気づいた。

『今夜は紗世がいなくて寂しいわ』

メタリックの通信ツールから母の甘い声が聞こえてくるようだった。

――また、心にもないことを。

そう思いながらスマホをポケットに滑り込ませた私は夏目と並んで、入り口の横にある乗務員用の簡易座席、ジャンプシートに座った。

「ちゃんと、お客様を確認した？」

「はい。みなさん、フレンドリーでいいお客様です」

「は？」

――ちょっと見ただけで「フレンドリーだ」と言い切る新人、恐るべし。

「離陸前の乗客チェックは保安要員としての重要な仕事よ？」

「はい。それは座学で習いました」

その緊張感のない顔からして、保安の意味をきちんと理解していないのは明白だ。

「これから密室になる飛行機の中に、危険人物が紛れ込んでしまったら、どうなると思う？」

「致命的ですね」

――わかってんじゃん……。

拍子抜けしそうになるが、彼の表情や口調から緊迫感は感じられない。

「そう。致命的なのよ。それを水際で防ぐのが私たちの仕事なの」

薬物を摂取していたり、機内になんらかの危険物を持ち込もうとしていたりする人間は、表情がどこか不自然なものになり、挙動も不審になることが多い。

そして善良な乗客の中にも、体調不良や情緒不安定になっている人が混ざっている場合がある。彼らの心身は気圧や気温の変化に敏感に反応し、病状や精神状態が悪化しやすい。

乗客の出迎えや離陸準備の時、全てに目を注ぐことは私たちの重要な仕事だ。

「お客様の顔色や発汗、表情、動作をチェックして、少しでも怪しいと思ったら、速やかに私に報告すること。いいわね？」

怪しい乗客がいる、と私たちから連絡を受けたチーフはコックピットに報告し、指示を仰ぐ。シップの最高責任者である機長は、現状と自分の判断を管制塔と会社へ報告し、指示を待つ。

緊急事態に対処する時の指示も機長と管制塔の間で決定される。従って、たとえ目の前でハイジャックが起きたとしても、新人が自分の判断で犯人を説得したり交渉したりすることはありえない。いや、むしろ決してやってはいけない。

そのことをわかっているのかいないのか、ハイジャック犯を説得しようとした脅威の新人は、滑走路を疾走し、上昇をはじめる機内で静かに目を閉じていた。

離陸して二十分ほどで機体は水平飛行に入る。

ポーン、ポーン、と音がした。シートベルト着用のサインが消えた合図だ。

「夏目君。おしぼりのサービスからはじめるわよ」

「あ。はい」

眠っていたのか、彼は閉じていた目を開けて、シートベルトを外す。

初めての乗務で、このわずかな隙に睡眠をとる新人……。この鋼鉄の神経が、私にとっては理解できない。もはや宇宙人レベルだ。

「国内線の飛行時間は短いから、手際よくやってね。お客様の人数は少ないけど、この後、お飲み物だけじゃなくて、お食事《ミール》もあるから。手際よく丁寧にね」

私がそう指示すると、夏目は独り言のように『手際よく丁寧に』と、自分に言い聞かせるように呟いていた。

二人で手分けをしてプレミア・クラスのコンパートメントを回り、籠《かご》に入れたおしぼりを手渡しで配ったのだが、案の定、他の新人と同様、夏目のサービスは『要領悪く、不器用』だった。

――落ち着いてはいるけど、所詮はド新人ね。

「次！　おしぼりの後はミックスナッツよ」

エコノミーで配る小袋入りナッツとは異なり、プレミアクラスでは上質な陶器に銀のスプーンですくった高級ナッツを注ぎ入れる。

「次！　飲み物はカートを押しながら、きっちり、リクエストを聞いて手渡すのよ」

サービスをいちいち指示してキャビンへ送り出した。

――遅い……。

全てのサービスに悠久の時間が流れているように見えた。持ち前の自然な笑顔を振りまき、確かに丁寧なサービスなのだが……。

このままでは時間内に全部のサービスが終わらない。

――もう！　いちいち、喋らなくてもいいって！　隙だらけだから、そうやって話しかけられるのよ！

叫び出しそうになるのを必死で抑えた。

ドリンクとミールのサービスの後、すぐに機内販売を行わなければならないのだが、結局、これは私一人でするハメになった。

「夏目君！　早く！　片付け！　あと十五分で着陸態勢に入っちゃうじゃない！」

ようやくギャレーに戻ってきた夏目を急《せ》かし、一緒に機内の片付けを行った。最後に着陸時の傾きや振動に備え、カートのキャスターを固定し、キッチンの扉が開かないようにロックする。

「ほら！　シートに座って！」

急いでジャンプシートに座り、ハーネスを締めた。

楕円形の窓から外を見ると遠くに男鹿半島が見え、機体は着陸態勢に入っている。ギリギリだ。

「サービスが荒くなるのは困るけど、もう少しだけ手早くやってくれる？」

嫌味な言い方になってしまったが仕方ない。今日、最後に乗務する福岡便はエコノミー担当だ。CAの人数も増えるが、一人当たりが担当する座席数は今の二倍以上。こんなペースでは全てのサービスを終えることができないだろう。

——次の千歳から羽田への折り返し便で、手際のいいサービスを体得させなきゃ。

思えば、ＯＪＴの時の私も、決して手際のいい方ではなかった。それについては何も言われなかったが、教育係だった先輩も、今の私と同じようにイライラしていたのではないだろうか。そう思うと、今更ながらとても申し訳ない気持ちになった。

当時、私の教育担当は荒木ＣＰの信奉者だった。サービスはもちろん、笑顔の作り方から立ち居振る舞いまで、客室乗務員としての基礎を徹底的に教え込まれた。自然な笑顔を作るために、ギャレーで割りばしを咥《くわ》えさせられたこともある。

とりわけ、保安要員としての教育は厳しく、座席の下に隠すようにして置き去りにされている不審物を見落としてしまった時、他の同僚の前で怒鳴られた。結局その荷物はただの忘れ物で大事には至らなかったのだが、彼女の剣幕に驚き、泣きそうになるのを必死でこらえた。

それから半年後、私のＯＪＴが終わり、彼女の元を離れることになった時、意外にも彼女は涙を流した。

「ごめんなさいね。辛かったでしょ？　でも、ＣＡは人の命を扱う仕事だから。それだけは忘れないで」

そう言って目尻を拭《ぬぐ》う先輩に戸惑った。

最後に、頑張ってね、と言って私を抱きしめてくれた先輩は翌年、体を壊して退職した。長年の乗務で腰を悪くしていたのだという。けれど体がキツいことなど、私の前ではおくびにも出さなかった。

『絶対にナメられてはいけない』

それが後輩を指導する時の鉄則だ、というシニアCAは多い。果たして私は彼女のようにやれるのだろうか。

そんなことをぼんやりと考えた後で、隣に座っている夏目を見る。首をがっくりと傾けて寝ていた……。

——本当に異星人なのかも知れない。


「ありがとうございました」

「またの御利用をお待ちしております」

千歳空港に到着し、降機する乗客を見送った。

「ありがとう」

「楽しかった」

「また、ここの飛行機に乗るわ」

「一緒に写真とってください」

老若男女問わず、皆一様に、夏目に声を掛けて行く。

不思議に思って、最後の乗客を見送った後、冗談っぽく聞いてみた。

「夏目君、お客様に大人気ね。何か特別なサービスでもしたの？」

「いえ。ただ、鳥居さんに言われた通り『手際よく丁寧に』やっただけですけど」

「は？　『手際』が聞いたら呆れるわ」

「じゃあ、イケメンだから、ですかね？」

「それって、自分で言うかな、普通」

私が言い返すと、夏目は困ったように笑い、逃げるようにその場を離れた。

「ラバチェック、行ってきます」

その声に振り返るともういない。

――なに？　今の逃げ方。

不思議に思いながら、ギャレーに戻ろうとしてふと見ると、コックピットのドアが開いていた。

――うん？

誰もいなくなったプレミア・クラスの前方に杉浦機長が立っている。今度は明らかにキョロキョロしていた。

「機長。何かお探しですか？」

「え？　あ、いや。別に……」

別に、と言いながら、まだ無人のキャビンを見渡している。

――知られたくない探し物なのかな。

「失礼いたしました」

空気を読んだつもりで、言い置いてギャレーに下がろうとしたところを呼び止められた。

「あ、ちょっと。えっと。君は確か、鳥居君、だったよね？」

キャビン・クルーは一定の期間を同じグループで飛ぶ。が、パイロットとチーフパーサーは、その都度変わる。忙しい彼らにとって、キャビン・クルーを覚えるのは二の次になる。それでも、こうやって何度か一緒になったＣＡの顔と名前を覚えようとするパイロットはいる。そんな稀少なパイロットは、好意と尊敬をもって客室乗務員たちに受け入れられるものだ。

私自身、今、杉浦機長に名前を憶えてもらっていたことが嬉しかった。

「はい。鳥居です」

「今日のクルーは全員、この後、羽田に戻って、そこから福岡？」

「はい。今日は全員、３レグです」

「じゃあ、みんな福岡泊まりで、明日、デッドヘッドで羽田へ戻るんだね」

機長の言う『デッドヘッド』とは乗務することなく、自社便を移動にだけ利用することを意味する。機内に座ってはいるが、運賃を支払う乗客の頭数に入らないので、そう呼ばれるらしい。いくらタダ乗りだからと言って、『死んでる頭』という呼び方はいかがなものかと思うけれど。

メンズ雑誌のモデルのようにコックピットの入り口にカッコよく立っている機長が、

「じゃあ、福岡で、美味しい焼き鳥を食わせる居酒屋に連れてってあげるよ」

と、クールな笑顔で誘ってきた。

「え？」

なぜかドキッとしてしまい、すぐに返事ができなかった。すると、機長はちょっと照れ臭そうな顔をした。

「ま、君も一人じゃアレだろうから、誰か連れておいでよ。何人でもいいから」

その言い回しが微妙で、わけもなく心音が速まってしまう。

「じゃ、福岡で」

そう言い残して、脇に挟んでいたパイロットキャップを目深にかぶり直し、機長はコックピットの中へと戻っていった。

その洗練された仕草にドキドキする。

杉浦機長は、私がそれまで一度も恋愛対象として意識したことのない相手だった。ノーマークだった相手からの、突然の誘い……。

――いや。杉浦機長はこうやって時々クルーを誘うのかも知れない。その証拠に「何人でも連れて来い」と言った。よく考えてみたら、これって体《てい》のいい「幹事」ではないか。

そうやって、一緒に飛ぶクルーとして誘われただけで、深い意味などない、と心の中で片付ける努力をした。

その一方で、機長が口にした「君も一人じゃアレだろうから」の『アレ』ってどういう意味なんだろう、と深読みしようとしている自分がいる。恋に飢えている女が、ちょっと食事に誘われただけで気持ちが傾いていくように……。

——ないない。

私は自分自身の目を覚まさせるように、ブルブルと頭を振った。

そもそも、杉浦機長は私より二十歳以上も年上だ。十八で私を産んだ母より上になる。

でも頼りない年下よりマシな気もする……けれど、私は二歳以上年上の男性と付き合ったことがない……でもそういうのも新鮮だし、アリなのかな……。けど……。けど……。

ああでもない、こうでもない、と心が揺れる。

トレーを並べたり、ブランケットを畳んだり、と慣れたルーティン業務をこなしている最中は、つい杉浦機長に誘われたシーンを頭の中で再生していた。

——ダメダメ。とにかく、今は乗務と夏目航の指導に集中しなければ。

そうやって自分に言い聞かせた。

折り返しの2レグ目のトラブル⁉

清掃を終えたシップは、約一時間後にそのまま羽田への折り返し便となる。

次のミールが積み込まれ、夏目に数量をチェックさせる。その間も、機長と行く居酒屋のことを考え、わけもなくドキドキしてしまう。しばらく誰ともデートしていなかったからに違いない。

――どうかしてる。居酒屋に誘われただけでこんなに意識するなんて。

高鳴る心臓をなだめるが、単純に誘われたことが嬉しくて仕方がない。今まで機長に興味を持ったことなどないくせに。

節操のない自分に幻滅しながら、お客様をお迎えする乗降口に立った。

「あれ？　鳥居さん、なんか、顔が赤いですよ？」

横に並んだ夏目に指摘されてしまった。

「え？　赤い？」

ハッとして両手で頬を押さえてみると、確かに熱い。

「はい。赤いです。でも……」

「でも？」

「鳥居さん、ほっぺが赤い方が可愛いですね」

と、夏目が私の顔をまじまじと見る。

「ばっ、バカ！　何言ってるの！」

本気で焦っていた。夏目に真顔で「可愛い」と言われて真に受けたからではなく、こんなに分かりやすく態度に出ていては新人にナメられる、と反省したからだった。

「顔が赤いのは、まだ機内が暑いからよ」

実際、夏場、照り返しのきついコンクリートの上に駐機している機内は空調が効きにくい。離陸前は地上からの電源を使っているので外気の影響を受ける。離陸後はエンジンが燃料を燃やす時にできる空気を使って機内温度をコントロールする。だから、エンジンがフル回転になると空調が効きすぎて、今度は乗客から「寒い」とか「暑い」とか文句を言われたりするのだが。

私は努めて冷静な態度を心がけながら折り返し便のお客様を迎え、離陸に向けて客室内を確認した。

シップは定刻通り、千歳空港を離陸し、上昇をはじめる。

――機長は何人でも呼んでいいと言った。照れ臭そうな顔をして……。

つまり、最初はＣＡとの懇親会のような感じで、みんなとワイワイやりながら、自然にアプローチしてくるのかも知れない。もし、これが私を気軽に誘うための口実だとしたら、よけいに、一人で行くのはヘンだ。誰を呼べばいいのだろう。

実際、私は人集めが苦手だ。幹事を頼まれた時はいつも百合に任せていた。けれど、人のいい百合に頼んだら、CA全員に声を掛けてしまうだろう。もしも、機長が私を狙っているとしたら、私より若くて可愛い子はパスして誘いたい。かといって、二十七歳以上のシニアCA限定で誘ってほしいなんてリクエストは、違和感がありすぎる。

――どうしよう……。

とりあえず、メモを取り出し、シニア以上のメンバーを書きだしてみた。

――私を入れて四人かあ。問題は、ここに荒木チーフを入れるかどうか……。あとは、隣の席に座ってる夏目航……。

そもそも、機長との食事会の幹事なんてジュニアの仕事だ。

よし、この際、彼にこのメモを渡して焼き鳥屋の幹事を任せよう。機長からアプローチされた後のことは自分で考えるとして……。

「あ。そうだ、夏目君」

さも何かを思い出したように声をかけたが、返事がない。

――あれ？

隣の席の夏目を見て、軽い違和感を覚えた。目を閉じ、拳を膝の上で固く握っている。心なしか、顔色が悪いような気もした。そう言えば、１レグ目の時も……。本当は寝ているわけじゃなくて体調悪いのかな。

「夏目君？」

「え？　鳥居さん、なんか言いました？」

こちらを向いた顔は少し表情が硬い。が、ここで怯んではいけない。

「あ、うん。夏目君、福岡で予定ある？」

「いえ、特には……」

「じゃあ、焼き鳥って好き？」

そう聞いた途端、さっきまで白かった夏目の顔がパッと輝いた。

「はい！　大好きです！　鳥居さん、どこかいいお店、知ってるんですか？」

――よしよし、いい感じで話に乗ってきた。まずは参加を確定させてしまってから、幹事に任命しよう。

「あ、うん。杉浦機長から誘われてるの。夏目君も一緒にどうかな、と思って」

そう言った途端、夏目のテンションが変わった。

「遠慮しときます」

即答だった。急に気が変わったように。

「え？　だって今……」

――福岡で、特に予定はないと言ったのに。

「用事を思い出しました」

「そ、そうなんだ……」

――絶対に嘘だ。

このまま引き下がるわけにはいかない。

「ねえ。私、さっき、夏目君を一人前のＣＡにするって言ったよね？」

「はい。それが何か」

「普通、新人のＣＡは先輩の誘いを断らないんだけどな」

特にステイ先では、断る理由を捏造《ねつぞう》しにくいから尚更だ。

「それはケースバイケースじゃないでしょうか」

さらりと言い返され、言葉に詰まって、チッと心の中で舌打ちする。まさかこんなにあっさり断られると思っていなかった。

「鳥居さん、杉浦機長に誘われて困ってるんですか？」

身の程知らずにもシニアＣＡの誘いを断っておきながら、おかしな切り返しをしてくる。

「別に誘われて困ってるわけじゃないわ」

ただ、参加しないと言っている新人に、幹事を押し付けるわけにもいかなくて困っているだけだ。

「夏目君。ひょっとして、杉浦機長が苦手なの？　さっきコックピットにも入りたがらなかったし」

冗談めかして笑いながら尋ねたのだが、夏目は真顔のままだった。

「苦手って言うより、好きではないですね」

「え？」

新入社員とベテラン機長。入社して三ヶ月足らずの夏目が、杉浦機長を嫌いになるほどの接点があるとは考えにくい。

「夏目君、機長と知り合い？」

杉浦機長のことを少し意識しはじめているせいか、個人的な興味で聞いてしまった。

「遠い親戚みたいなもんです」

その言い方はとても素っ気なく、冷たかった。

「そ、そうなんだ……」

それっきり、夏目は窓の方に顔を向けて目を閉じてしまった。これ以上の質問を拒むかのように。

——遠い親戚のオジサン……。

あまり……というかまったく親戚付き合いをしない家庭に育った私にはピンとこない。

——ポーン。ポーン。

夏目航と杉浦機長の関係や、今夜行く焼き鳥屋のことを考えている内に、シートベルト着用のサインが消えた。

「さ。サービス、はじめるわよ。次の福岡便の練習のつもりで、もう少しサービスの時間を短縮してね。もちろん、丁寧に」

気分を切り替え、夏目に指示してジャンプシートのハーネスを外した。彼は素直に、はい、と返事をして立ち上がったのだが……。

やはり、全てのサービスに時間が掛かりすぎている。今回は機内販売をはじめる時間ギリギリにドリンクサービスが終わるという始末だ。時間はもう体感させるしかない。

「今回は夏目君にも売ってもらうわよ？」

私が商品の準備を行い、夏目にカートを押して歩かせた。

その様子を見ていると、決して積極的にセールスの声を掛けているようでもないのに、みるみる商品が売れて行く。

「嘘……。なんで？」

結局、販売時間が終了する前に、カートの商品が売り切れて、販売打ち切りとなった。国内線なので単価はそれほど高いものではないのだが、こんなに商品が売れるのを見たのは初めてだった。ギャレーからその様子を覗き見ていて、軽い嫉妬を覚えるほどだ。

「すごいね、夏目君、販売の神様だね」

ギャレーに戻ってきた夏目を冷やかすと、夏目は、ありがとうございます、とご満悦だ。ちょっと憎らしくなった。

「じゃ、さっさと売り上げの集計して」

ギャレーで売り上げ金と伝票の合計をチェックさせている時に、その事件は起こった。

「あの……」

二十代くらいの乗客がギャレーのカーテンを少し開け、中を覗き込むようにして遠慮がちに声をかけてきたのだ。

「どうかされましたか？」

尋ねた途端、彼女の頬をポロリと一筋の涙が伝った。

――え？　泣いてる？

ただごとではないと察して、すぐに彼女の肩を抱き、ギャレーの中へ引き入れた。

「夏目君。お水！」

驚いた顔で呆然と彼女を見ている夏目に指示し、紙コップの水を彼女に差し出す。若い女性はおずおずとコップに口をつけ、コク、と一口だけ水を飲んだ。

「何かあったんですか？」

彼女の動揺を大きくしないよう、なるべく静かに喋った。

「隣の人が……触るんです……私のこと……。怖いんです。だから、ここにいてもいいですか……」

痴漢に遭っても泣き寝入りしてしまいそうな線の細い、気の弱そうな女性だった。訴える声は消え入りそうに震えている。

「は？　触る？」

と、夏目が意表を突かれたように、間抜けな声を出す。私は素早く『しっ』と人差し指を唇の前に立てて彼を黙らせ、若い女性にうなずいて話の続きを促した。

「隣の人、すごくお酒飲んでて……。い、いきなり、私の膝とか撫でてきたんです……。黙ってたら、今度は胸を触ろうとして。私、怖くて……」

紙コップを持つ手を震わせながら訴える女性は、またポロリと涙をこぼした。

どうやら、アッパーデッキの後方にあるエコノミークラスから、ここまで逃げて来たらしい。

国内線のエコノミークラスではアルコール類のサービスはしていない。カートで手売りしているビールかウイスキーを飲んで、隣の女性にセクハラを働いたのだろうか。しかし、それぐらいの量で泥酔するものだろうか。

「お客様。お名前をおうかがいしてもいいですか？」

清楚で可愛い雰囲気の女性だったので、なんとなく彼女の顔は覚えていた。が、座席番号までは記憶にない。

「牧野《まきの》です」

すぐに乗客リストで座席を確認した。

「牧野様……Pの二番ですね……」

女性の隣、Pの一番。窓際の男は松岡大輔《まつおかだいすけ》。四十五歳、会社員だ。確か、経済新聞を頼まれて持って行った。その時は、どちらかと言えば影の薄い、大人しそうなサラリーマンに見えたのだが。

「気づかなくて、すみませんでした。すぐに他の席をご用意しますので、落ち着かれるまでこちらにいてください」

本当に申し訳ない気持ちでいっぱいになりながら、泣いている女性客に頭を下げた。

「俺、注意してきます」

私がギャレーを出る前に、夏目が宣言した。その顔色が変わっている。怒りを必死で鎮めているような顔つきだ。注意ではなく、制裁を加えてしまいそうな勢いの新人を行かせるわけにはいかない。

「私が行きます。夏目君は荒木チーフに状況を連絡して、キャプテンの指示を仰いでもらってください」

「でも……」

「このシップの責任者は機長です。こういったトラブルは全て機長の判断に委ねられます。機長の指示が出るまで、私が時間を稼ぐから、すぐに荒木チーフに連絡して」

「わかりました」

そう言って夏目は引き下がったが、かなり頭にきているのは一目瞭然だ。さっきまでピンク色だった頰が怒りのせいで白くなっている。

酔っ払いの客は珍しくない。が、乱れて他の乗客への痴漢行為に及ぶような客に遭遇したのは乗務歴七年目にして初めてだった。

マニュアルでは、飛行中、機内で起こったトラブルは機長の判断を仰ぐ、とある。とはいっても機長には客室の様子がわからないため、泥酔客の扱いは客室責任者であるCPに一任するケースが多いのだが。

CPは客室責任者の権限で乗客の身柄を拘束するか、なだめて酔いを醒まさせるかの判断をすることになる。

男性乗務員の出番は、酔っ払いの身柄を確保する時だ。

「荒木チーフに連絡したら、呼ぶまで体力を温存しといて」

はい、と返事をした夏目が機内電話で荒木CPに事情を説明をはじめたのを見て、私は問題が発生しているキャビンへ向かった。

そのシートは一目でわかった。

ワインのミニボトルを直飲《じか》みしているサラリーマンが、一つおいて隣の席のお婆さんに向かって悪態をついている。

「うるせえ！　バアさんに用はねーんだよ！　さっきのお姉ちゃん、探して来い」

見かねた年配の乗客がなだめようとしたのが気に入らず、噛みついているようだ。前のテーブルには空のボトルが並んでいる。

これ以上暴れられたら大変だ。私はお婆さんに声をかけ、座席の移動を促した。

「松岡様」

お婆さんを避難させた後、ギャレーで調べて来た名前で、問題の乗客に呼び掛ける。

思った通り、旅の恥はかき捨て男だ。いきなり名前で呼ばれたことに、一瞬だけ怯んだ。

が、すぐに顔を上気させ、気持ちの悪い目つきで私を見る。

「ま、あんたでもいいわ。一緒に飲も。おい、誰か。ワイン、もう一本！」

松岡という客がそう叫んで人差し指を立て、ふらつきながら立ち上がった。

私はその男の両肩をグイ、と押して席に座らせた。

「お水、お持ちしますね」

犬を服従させる要領で、目で威圧する。が、泥酔状態の松岡は怯むことなく、肩の上の私の手首を摑んで引っ張りはじめた。

「いいから、ここに座れって、ほら。俺の膝の上でもいいからさァ」

松岡に意外なほど強い力で引っ張られ、内心で悲鳴を上げる。

毅然とした態度に徹しながらも、酔っ払いの上に倒れこんで体中を触られる自分を想像し、ゾッとした。

——ちょ、ちょっと……。

焦りながらも必死で相手の目を睨みつけ、足を踏ん張って抵抗するが、男の力には敵わず、じりじりと引き寄せられる。ま、まずい。

「おい」

松岡の手を引き剝《は》がそうと必死で格闘している時、すぐ後ろから夏目の声がした。

「いい加減にしろ」

咄嗟《とっさ》に振り返って見た夏目の顔が、別人のように無表情で怖い。

「なんだ、お前、偉そうに！　男のスッチーになんか用はないんだよ！」

「手を離せ」

夏目の全身から怒りのオーラが立ち昇っている。これは、もっとまずい。教育を担当しているＣＡが、お客様に手を出すような真似をしたら、私の責任だ。

「な、夏目君……。ぼ、暴力は……」

さっきまでの恐怖を忘れ、この場を収めようとあたふたしているうちに、私の背後から夏目の手がヌッと伸びる。

――ヤバい。

大きな手が松岡の胸倉を掴みかけた時、

『あー。こちら、機長の杉浦です』

と、突然、大音量で機内アナウンスが入った。

離着陸の時や緊急時以外に機内アナウンスが入ることは珍しい。なにごとか、と客室内に緊張が走り、静まりかえった。

『先ほど、キャビンクルーから、客室内で迷惑行為を働いているお客様がおられるとの報告がありました。これ以上の狼藉《ろうぜき》があった場合、お客様の身柄を拘束し、着陸と同時に空港警察に引き渡すことになります』

高圧的なアナウンスに客室がざわつきはじめた。

『なお、身柄確保の際には、機長自ら客室に出向いての大捕り物になるということを御承知おきください。ちなみに、当方、柔道三段、空手二段の格闘家です。以上です』

そこはかとなく凄みのあるテノールによる、少し惚《とぼ》けた言い回しに、皆、一瞬ポカンとしたあと、すぐに周囲からクスクスと笑いが起きた。

――なに？　今の変な機内放送……それに『柔道三段、空手二段の格闘家』って……？

それでも、機長のアナウンスは効果てきめんだったらしい。警察に引き渡すと言われた当事者は顔色をなくし、一気に酔いが醒めたような顔だ。

私の手首を摑んでいた男の手が力を失った。

「すみま……せん……でした……。警察だけは勘弁してください」

松岡が小さな声で謝罪し、項垂《うなだ》れる。

「私にではなく、あなたが迷惑をかけた女性に謝ってください」

怒りで、知らず知らず語気が強くなる。けれど、機長のアナウンスがなかったら、私が男の膝の上に乗せられていたか、夏目が男を殴っていたかのどっちかだ。本当に助かった、と胸を撫でおろす。

しかも、乗客たちは笑い、客室の空気も和やかだ。

——噂通り、杉浦機長はすごい。

松岡が大人しくなった後で、荒木ＣＰがアッパークラスから走ってきた。

「鳥居さん！　大文夫？」

「はい……。機長の機転のお蔭で……」

荒木ＣＰに事情を説明し、問題を起こした乗客から女性に謝罪させ、それを受け入れてくれた女性にはワンランク上のシートに移ってもらった。

騒ぎを大きくしないでくれた彼女に、持てるだけのアメニティーやお土産を用意したのは言うまでもない。

「はあー」

ギャレーに戻った途端、緊張が解けてキッチンの前に座り込んでしまった。

「と、鳥居さん？　大文夫ですか？」

夏目が心配そうに私の前にしゃがみこむ。

――マジで怖かった……。

そう口から出そうになるのを必死で堰《せ》き止めた。

「大文夫。ちょっと足をくじいただけ」

強がって嘘をついたら、それを真に受けた夏目が、ギャレーの引き出しをあちこち開けはじめた。

「湿布って、どこにありましたっけ？」

「え？　湿布？　いや、もう平気だから」

すっくと立ち上がったものの、まだ膝がガクガクする。それを見て、ようやく私が震えていることに気づいたらしい。

「俺でよかったら、そっと抱きしめたりしましょうか」

左胸に手をやって執事のような態度をとる夏目。

「百万年早い」

「ですよね……」

そう言って私から視線を外した彼は、なぜかマグカップを用意しはじめた。

「けど、カッコよかったですよ？　酔っ払いの肩を摑んで押さえつけた時の鳥居さん」

夏目が電子レンジでミルクを温めながら横顔で微笑む。

「え？　そ、そうよ。ああいう女の敵には毅然として対処しなきゃ」

「俺は殴ってしまいそうでした」

夏目が反省するように溜め息をつく。

「ダメよ。暴力は最悪の対処法よ。それだけは絶対にダメ」

そう諭《さと》す頃には少し余裕を取り戻していたのかも知れない。まだ腕に鳥肌が立ったままの状態だったが、泥酔客の心情を推察することができた。

「あのお客様もきっと、何か嫌なことがあってお酒に逃げちゃったのよ。なんか、中間管理職っぽい人だったじゃない？」

「それって、弁護しすぎっていうか、いいように考えてあげすぎじゃないですか？　俺にはできません」

スプーンでカップの中をかき混ぜながら、声を沈ませる。その手元から甘い匂いが漂いはじめた。

「とにかく、膝を触られた牧野様も許してくださったんだから、これで良かったのよ」

万一、彼が乗客を殴っていたら、迷惑客も夏目も、両者とも警察沙汰になっただろう。

「寛大なんですね」

清潔感のある口許に笑みを浮かべた夏目が白いマグカップを差し出す。

「どうぞ」

「わ。ココア？　美味しそう。いい匂い」

ほっとするような甘い香り。一口飲んだだけで、不思議と足の震えが止まった。

「落ち着きました？」

機内でシニアが新人に心配されるなんて言語道断だ。

「私はいつだって落ち着いてます」

「足、まだ震えてますよ？」

「嘘……」

自覚がなく、自分の足元を見る。

「嘘です」

からかわれているのがわかり、ムッとした。

「それにしても……。やっぱり、杉浦機長の対処は大人だったわね」

子供じみているとはわかっていたが、嘘の仕返しに、彼が『好きではない』と言い切る杉浦機長を褒めてやった。実際、この一件で、私の中の杉浦株はストップ高だ。今夜の食事会がかなり楽しみにさえなってきている。

「悪かったですね、大人げない対応しかできなくて」

「そうよ？　お客様に『いい加減にしろ』なんて暴言吐いたりして。最初から喧嘩腰はダメよ」

「ココア、返してください」

「は？」

私が両手で包んでいたマグカップを夏目が奪う。

「あ。ちょっと……」

奪い返されたカップのココアを、彼がごくごくと一気に飲んでしまった。

「…………」

——い、今のって、間接キス？

いきなりで動揺する。夏目のような若者はまったく気にしないのかもしれないが……。

「私は好きな人としか、カップのシェアなんてできないな」

ぽろりとこぼれた私の独り言に、不機嫌そうな顔でカップを洗っている夏目が、

「俺だって嫌いな人間とは何もシェアしません」

と、答える。

なにそれ？　意味不明。だったらココア、取り上げないでよ、と思う。まあ、とりあえず、嫌われてはいないらしいからいいか。

そんなトラブルはあったが、シップは定刻通りにビッグバード、羽田へ戻った。どこの空港に立ち寄っても、やることは同じ。お客様をお迎えする準備だ。それでも、羽田に帰ってくると、わけもなくホッとした。

3レグは、羽田—福岡

　整備と積み込みが終わった機体は、そのまま今日最後のフライト、十四時二十分発の羽田—福岡便になった。

「夏目君。プレミア・クラスとはここでお別れよ」

　私たちの3レグ目の乗務は、時間との戦いであるエコノミー、Yクラスだ。

「こっちのキャビンを片付けたら、すぐにYクラスへ移るから」

「はい」

　座席数の少ないプレミア・クラスの片付けはすぐに終わった。

「あとは、よろしくお願いします。オーブンのドア、少しゆるいので、開閉は気をつけてください」

　気づいた注意事項を次の担当へ引き継ぎ、夏目と一緒にエコノミークラスへ移った。

「ほら。今の内に食事して」

　昼食はギャレーで立ったまま済ませることが多い。私はエコノミークラスに用意されていたクルー用のサンドイッチをつまんだが、夏目は食欲がないのか、炭酸水だけで済ませている。

「夏目君。大丈夫？」

羽田に着陸した頃から少し顔色が悪い。

「平気です、大丈夫です。無問題《もうまんたい》です」

……明らかにムリをしている受け答えだ。

薄々気づいてはいたけれど、夏目航は多分、高所恐怖症だ。よく意外だと言われるが、CAにも高いところが苦手だという人がいる。私が知っているだけでも、片手では足りない。そういう人は、恐怖よりも憧れの方が優ってCAになるわけだが、慣れるのには多少の時間がかかる。

――まあ、新人が戦力外になることなんてよくあることだ。

「チーフに相談して、少し楽な担当に回してもらう？」

「いいえ。大丈夫です。無問題《もうまんたい》です」

「もう！　ムキになってガッツを見せられても困るんだよね。ここ一番という時に、フラフラで使えなくなるっていうのが最悪の事態なんだから」

「大丈夫です。あと五分ください。復活しますから」

夏目がそう言い張るので、仕方なく引き下がったが、五分で高所恐怖症を克服するなんてありえない。

それから約一時間。L2の乗降口に立ってお客様を待つ頃には、夏目は予言通り復活していた。まだ、顔は白いままだが、しゃんと背筋を伸ばして笑顔を浮かべている。

「お母さーん！　早く早くー！」

ブリッジを先頭を切って走ってくる男の子が見えた。子供連れのお客様は優先的にシップへと案内されるから、それはよくある光景なのだが、その走り方が全力疾走なのだ。

「はい！　切符！　切符！」

勢いよく駆け込んできた男の子が、元気よく搭乗券を差し出す。青いタンクトップにデニムの短パン。小学校の低学年だろうか。満面の笑みで見上げてくるクリクリとした大きな目が、好奇心で輝いていた。

「ありがとう。走らないで、右側の通路を真っ直ぐ行ってね」

私が笑顔で座席を教えると、男の子は後ろを振り返って叫んだ。

「真由《まゆ》、いつまでもメソメソすんなよ！」

文句を言うように声を上げ、大股でシップの後方へと歩いて行く。

男の子が声を投げつけた女の子は母親らしき女性に付き添われ、ノロノロとブリッジを歩いてくるところだった。

白いセーラー襟がついた紺色の上品な半袖ワンピースを着ている少女は、俯《うつむ》いていて顔は見えない。が、背格好からして小学校の高学年ぐらいだろうから、男の子の姉と思われる。

「子どもたちが、騒がしくてすみません」

ほっそりとした女性が頭を下げて私たちの前を通りすぎた。

その後、老夫婦が一組、搭乗してきた。裕福そうな、とても上品な御夫婦だったのだが、老婆の方が、夏目に向かって、

「私たち、これから駆け落ちなの。追われてるのよ。だから、匿《かくま》ってね」

と真剣な顔で言う。嘆願された夏目は「え？」と目を見開いた。

「ばあさん、もういいから。ほら。こっちじゃ」

おじいさんが老婆の手を引いて歩いて行った。どう見ても普通の老夫婦だ。もしかしたら、記憶が混乱しているのかも知れない。

「いいなあ、あの年で駆け落ちなんて。羨ましいなあ」

夏目が感心したように二人を見送っている。

——真に受けてどうする。私にはその純粋さが羨ましいわ。

次に乗ってきたのはビンテージもののアロハにダメージジーンズをはいたミュージシャン風の男。

「ねえ、CAさん。プレミアにアップグレードしてくんない？」

やけに馴れ馴れしく聞いてきた。

アップグレード。それはエコノミー・クラスからプレミアやビジネスクラスに座席のグレードを上げることを意味する。

航空会社は一定のキャンセルを見越してチケットを販売する。つまり、キャンセルが出なかった場合は、ダブルブッキングとなり、エコノミークラスの座席に対して溢れた乗客

を空いているアッパークラスへ繰り上げることになる。

エコノミー料金でプレミア・クラスのシートとサービスが提供されるという、この幸運は、利用頻度と、正規もしくはそれに近い料金でチケットを買った乗客から順に巡ってくる。チェックインカウンターのコンピューターが蓄積データから自動的に弾き出すのだが、団体だと不公平感が出るので、一人ないしは二人旅の乗客がアップグレードの対象となることが多い。

「申し訳ございません。あいにくそれはできかねます」

丁重にお断りすると、男は態度を豹変させた。

「っんだよ！　サービス、わりぃなぁ！」

他の乗客に聞こえるような大声で悪態をつきながら席に着く。

「想像はしていましたけど、色々なお客様がいますね」

夏目は呆れ顔をしていた。


ギャレーに戻った私は、夏目に注意喚起を促した。

「夏目君。あの家族連れ、32番のK、L、M席から目を離さないでね」

今回の福岡便で何かトラブルが起きるとしたら、あの家族かな?と、CAの勘が働いたからだ。

「32って、さっきの家族連れですか？　アロハの男じゃなくて？」

「あー。あのアロハね。まあ、あのお客様も要経過観察ってとこかな」

納得がいかないのか、夏目はギャレーの壁にかけてある乗客リストを手に取り、首を傾げている。

「えっと……。男の子が高山啓太《たかやまけいた》君、八歳。女の子が真由ちゃん、十一歳。お母さんが高山裕子《ゆうこ》さん、三十五歳。普通の御家族に見えますけど」

「別に、要注意と言っても、悪意のあるお客様という意味じゃないわ。テンションの上がりすぎた男の子が鼻血を出すことも想定されるし、機内で泣きすぎた女の子が嘔吐したり、過呼吸になることもありえるわ」

機内で嘔吐されると、匂いを消すための作業に大変な労力と時間を要する。鼻血も他のお客様の衣類を汚す可能性がある。

「全てのお客様にまんべんなく、いいサービスを行き届かせるためには、余計な仕事は増やさないこと、いい？」

そう言って、夏目を座席と荷物棚のチェックに送り出した時、ポケットのスマホが震えた。また、母からだ。

『帰ってきたら、話があるから』

なんだか思わせぶりな文面……。そういえば先月、母が日比谷公園の近くを初老の紳士と一緒に歩いているのを見かけた。

——新しいお父さんでも出来るのかしら。

妙に醒めた気持ちでそう思った。

離陸時間ギリギリになってジャンプシートに戻って来た夏目は、手に持っていたノートのようなものを私に見せた。

「これって、余計な仕事じゃないですよね？」

少し不安そうな顔で、ハーネスを締め、私の顔を見る。

それは『フライト・ログ・ブック』だった。

フライト・ログ・ブックは、お客様が搭乗の記念にフライトの日時や便名、路線、搭乗機種などを記入し、クルーにサインやメッセージを書いてもらうノートのようなものだ。以前は外国のお客様から頼まれることが、たまにある程度だった。が、最近、日本でも流行っているらしく、頼まれることが増えてきた。

「鳥居さんからお願いします」

そう言って手渡されたブックを開いてみると、まっさらの冊子の一ページ目に拙い文字が並んでいた。

『二〇一六年八月二十日午後十五時二十分、羽田発福岡行、ＪＩＡ２０１便、気温二十九度、機種エアバス３８０』

どう見ても小学生以下の文字だ。

「あの男の子に頼まれたのね？」

「はい。高山啓太君は、飛行機に乗るが初めてだそうで、クルー全員のサインを希望しています」

そうなると、福岡到着までに仕事の合間を縫って、キャビンクルーだけでなく、コックピットにいるパイロットのサインまでもらって歩かなければならない。

「そうね。飛行距離の短い国内線で、全員のサインをもらって歩くのは大変だわ。でも、これは余計な仕事ではないと思う」

旅の記念であるこのノートを開く度に、自分たちの航空会社を思い出してもらえるのだ。印象が良ければ、また利用したいと思うだろう。

「子供は未来のお客様だから。ポテンシャルユーザーは大切にしないとね」

私は機長やCPのスペースを考慮して、下の方に小さくサインを入れ、手早く飛行機の絵を書いた。そして、嬉しそうな顔をしている夏目にブックを返した。

「けど、新人CAにとっては余計な仕事だったかもね。急がないと福岡到着までに全員のサイン、揃わないわよ？」

「ですよね……。このフライト中に全員のをもらわないとダメですよね」

さすがに自分の手際の悪さがわかってきたのか、夏目の表情が曇った。だいぶ、機内での一分一秒の大切さがわかってきたな、とその顔を見て思っていたのだが……。

スナックを配り終えて戻ってきた夏目が私にログ・ブックを差し出した。

「CAさんの分は俺が全員もらってきたので、鳥居さん、すみませんが、コックピットクルーの分のサイン、お願いしてもいいですか？」

「は？　どうして？」

夏目が憂鬱《ゆううつ》そうな表情をしている理由は、杉浦機長に頼みごとをしなければならないからだったらしい。

なぜ私がそんな雑用をド新人から頼まれなければならないのか、意味がわからない。しかも、焼き鳥屋を断ったド新人に。

「コックピットの空気が悪くなるとか、嫌いな親戚だとか、そんな言い訳がいつまでも通用するわけないでしょ。さっさと行ってきなさい」

「わかりました。他の人に頼みます」

「え？　他の人？」

私が聞き返した直後、夏目がギャレーの横を通りかかった荒木CPを呼び止めた。

「チーフ、すみません……」

——まさか、般若@《アット》女帝にこんなキング・オブ・雑用を頼もうと言うのだろうか。

「だ、誰に頼むつもりよ。貸しなさい。今回だけ、私がもらってあげるから」

声を潜め、彼の手からブックを取り上げたのだが、時すでに遅し。荒木CPが、カーテンを引いて笑顔を覗かせる。

「夏目君。どうかしたの？」

私はどうしていいかわからなくなって、

「あ、あの……そうなんです。実は杉浦機長が、今夜みんなで焼き鳥の美味しい居酒屋でもどうですか、と言っておられるのですが」

と、別件を口走ってしまった。まだ、荒木CPに声をかけるかどうかも迷っていたのに。

「え？　杉浦機長が？」

荒木CPが意外そうに聞きかえす。

「珍しいわね。というか、みんなのプライベートを大切にされる杉浦さんがクルーに声をかけるなんて、聞いたことがないわ」

それは取りも直さず機長から声をかけられたら、クルーはよっぽどの理由がない限り断れないことを意味している。

――杉浦機長は、そんな信念を曲げてでも私を誘いたかったってこと？

気持ちが舞い上がる。

「それで？　他に誰を誘ったの？」

案の定、CPが飲み会のメンツを聞いてくる。大勢の部下を引き連れて食事や観光に行くのがステイタスだと思っているCPも多い。ましてや、今回は機長の手前、チーフとしての面目《めんぼく》もあるだろう。やはり、荒木CPに声をかける前にメンバーを揃えておくべきだったのだ。

「申し訳ありません。夏目君には断られたので、今のところ、チーフと私だけです」

この機会にチーフから夏目に『CAカースト』についてミッチリ教え込んでもらおうと、

それとなく告げ口してみたのだが、ＣＰは笑顔のままだった。

「そうなの？　夏目君、ＣＡと機長のコミュニケーションも大切なものよ？　よっぽどの用事じゃなかったら、鳥居さんをサポートしてあげてね」

が、夏目は畏《おそ》れ多くもＣＰに言葉を返そうとした。

「それはケースバイケ……」

私に返したのと同じセリフを言いかける夏目の足を、私はローファーの踵で思い切り踏みつけ、笑顔を作った。

「チーフ。大丈夫です。今回はこじんまりと四、五人のシニアＣＡに声をかけて、六時半ごろ、チーフのお部屋にお迎えに上がります」

「そう。じゃ、よろしくね」

ギャレーの隅で悶絶している夏目に気づかなかったらしく、ＣＰはその場を立ち去った。

「鳥居さん。なに、するんですか。めちゃくちゃ痛かったんですけど」

「当然の報いよ。ＣＰに雑用を頼むなんて一千万年早いわ！」

「そういう、ＣＡの古臭い因習みたいなもの、どうかと思いますけど」

まだ言うか！という思いを込めて睨みつけると、さすがの夏目も怯んだように口を閉ざした。

結局、ログ・ブックも幹事も私がやる羽目になってしまった。

仕方ない、と腹をくくって、まずは百合に声をかける。

「ごめんねー。私、今日、博多で大学の同窓会なんだー」

「そっかあ。地元だもんね。じゃ、他あたるわ」

そう言うと、百合は気の毒そうな顔になった。

「紗世。今日はみんなムリだと思うよ？」

「え？　みんな？」

「う、うん……。今日、福岡ドームで有名アーティストのコンサートがあるんだって誘われなかった？」

「うん。誘われなかった」

つまり、声が掛からなかったのは荒木ＣＰと今日が初乗務の夏目、そして私の三人だけ。

「な、なんか、外人のロックみたいだったし……若い子好みの……。紗世、そういうのあんまり好きそうじゃないから、遠慮したのかも？」

言いにくそうに苦し紛れのフォローをする百合。

「ロック、好きだけど」

「え？　あ。そうだっけ。ははは……」

力なく百合が笑った。

思えば、百合以外の同僚とオフの日に会ったことがない。プライベートで他の同僚に誘われるのは、クルー全員参加の飲み会ぐらいだ。特に若手との付き合いは、面倒くさいと自分から避けていたところもあるけれど、紗世は誘われたのか。

まった。

――私って、敬遠されてるのかな……。気づかなかった。今まで、後輩からの興味のない誘いをきっぱり断ってきた報いだろうか。百合が結婚したら、オフの日をどうやって過ごそう……そんな余計な心配が増えてしまった。

――まあ、それは後で考えるとして。

これは一番面倒くさいパターンの懇親会になる。機長とCPと私。私が一番格下だ。私一人が食事の間、色々と気を遣わなければならない。

――もし、機長がその気だったとしても、荒木CPと三人だとアプローチしにくいよね。

悶々としながらギャレーに戻ると、夏目が子供に配るアメニティを用意していた。

「メンバー、決まりました？」

その無邪気な笑顔にムカムカしながらも、

「今のところ、荒木CPと私だけよ」

と、白状する。

「へえ。意外に人気ないなぁ。パイロットって、もっとモテるのかと思ってた」

そんな夏目の呟きに、心の隅に葬ったはずの嫌な記憶が頭をもたげる。

二年前、私が別れた相手は同じ会社の副操縦士だった。

森上瞬《もりがみしゅん》。パイロット志望でこの会社に入った同期だ。入社式の日に声をかけられて、そのまま付き合うことになった。

どこの航空会社でもそうらしいが、パイロット候補として入社しても、すぐには操縦訓練に入れない。彼らも入社後すぐに、他の新入社員と同じ一般教育を受ける。その後、座学といわれる航空知識の基礎を勉強し、やっとシミュレーターを使った模擬飛行の訓練に入る。

実機による訓練を一ヶ月ほどやってから国家試験に合格すれば、副操縦士任用審査を受けるための訓練に入れるのだが、パイロットのライセンスをとっても、すぐには副操縦士任用訓練に入れない。

なぜか、空港のカウンターで、グランドホステスのチェックイン業務を手伝ったりさせられる。パイロットはそこでたいてい一年以上寝かされるようだ。

建前としては『空港で、じかにお客様と接することにより、乗客の身になって旅客機を操縦することができる』ということになっているが、実はパイロットの育成には莫大な費用と手間がかかるため、ステップアップの途中で、一定の時間調整が行われているという噂もある。

そんな大変な思いをして、入社して二年後、森上瞬は副操縦士になった。

制服を着ると、とてもキリリとして頼もしく見えた。年収も一気に増えて、それまで行ったことがなかったような高級店に連れて行ってくれて、ブランドもののプレゼントもたくさんもらった。が、今思えば、盲目的になりすぎていたのだろう、五年もの間、彼の中身は外見とは真逆の、ユルユル男子だったことに気づかなかった。

付き合いはじめて五年目のある日、彼の部屋を掃除している時に、待ち合わせ時間とホテルの名前を書いた小さなメモを見つけた。まさか、と思いながら、テーブルの上に放置されていた彼のスマホを盗み見た。

電話とメール。私以外に一人の女の名前が何度も出てきた。彼が研修中、カウンター業務をやっていた時に、よく一緒だった年上のグランドホステスだった。顔を知っているだけに生々しい。削除もされずに残っていた彼女とのラインによる熱烈なやりとりを見て、私と彼女の二股をかけていることを知った。

「どういうこと？」

もちろん、真相を問い詰めた。すると、森上は狼狽する様子もなく、開き直り、

「医者とパイロットは絶対に浮気する生き物なんだよ」

と言い放った。

「こっちが声をかけなくても、あっちから寄って来るんだから。けど、俺の中でちゃんとプライオリティは決まってるから。結婚してもいいと思ってるのは紗世だけだから」

自分の浮気を正当化する理屈に唖然《あぜん》とした。

――この性格は、きっと結婚しても治らない。

「私、無理だわ。浮気して当然と思っている人と結婚なんてできない」

正直な気持ちをぶつけると、彼は、こう言った。

「なんで？　パイロットと結婚できるんだぞ？　それぐらい……」

さすがにその先は言わなかったが、『我慢しろよ』という言葉が聞こえたような気がした。

「別れよう」

まだ別離を決意したわけでもないのに、結論が先に口から出た。すると、森上は冷ややかに笑った。

「後悔するぞ」

その捨て台詞を残して、森上は二度と私に連絡して来なかった。

せめて、謝ってくれれば、修復できたかも知れないのに……。


「鳥居さん？」

不愉快な記憶を辿《たど》っている私を、夏目が不思議そうに見ている。

――あんたがパイロットはモテるなんていうから、嫌なこと思い出しちゃったじゃないの。

「たとえパイロットでも、クズはクズよ」

私が吐き捨てると、彼は驚いたように睫毛をパチパチと瞬いた。

「あ、いえ。杉浦機長のことじゃないわよ？　機長は立派な人だと思うわ。まだ、よく知らないけど」

誤解がないように一応フォローしておいた。

「どうでしょうか」

夏目が意味ありげな返事をする。

――杉浦機長、社内では定評があるのに。嫌いな親戚って、どんな感じなんだろう……。

お小言が多いとか。いつもお年玉が少なかったとか……。

子供にとって嫌な親戚を思い浮かべてみるが、ピンと来ない。

「確かに、パイロットはモテるかも知れないけど、私は相手の職業によって好きになると
か、そういうのはないわ」

過去の自分を切り捨てるようなつもりで宣言した。

「じゃ、行ってくるわね」

が、先程の言葉とは裏腹に、ログ・ブックを携えてコックピットへ入る時「失礼します」

という声はワントーン高めになってしまう。ついでに、心臓もドキドキしていた。

――いや。断じて狙ってない。なんとも思ってない。平常心、平常心。

自分に言い聞かせるけれど、やっぱり意識してしまっている。杉浦機長がクルーを誘う
のは珍しいことだと荒木CPから聞いてしまって余計に……。

「機長、ちょっとよろしいでしょうか？」

オートパイロットになっていることを確認してから声をかける。

「初めて飛行機に乗った男の子のために、こちらにサインを頂きたいのですが」

「ああ。ログ・ブックか。いいよ」

杉浦機長は笑顔で気軽に受け取ってくれた。私に対する特別な空気は感じない。が、ペ

ンを走らせる若々しい横顔を見ていると、チーフクラスのCAたちが、こぞって杉浦機長を絶賛するのもわかる気がする。

——やっぱり、『端正』という形容がよく似合う。

最近の若いパイロットは、大抵、それなりの外見をしているが、この年代の機長で八頭身は珍しいかも知れない。何しろ四十歳以上のパイロットには『養分を全て頭脳に持って行かれた系』が多いのだ。しかも、夏目の言うように肩書だけでモテるせいか、髪型や身だしなみなどの見てくれを気にかけない人が過半数のような気がする。

「鳥居君、絵も上手なんだね」

サインを終えた機長にそうコメントされて赤面した。自分がサインの横に、イラストを添えていたことをすっかり忘れていたのだ。

小さい頃、絵画教室へ通っていたせいか、よく『絵が上手だ』と言われる。人並み以上だという自覚はあったが、

「そんな……。もっとうまく描ければいいんですけど」

なんて、謙遜しておいた。

「いや。そんなことないよ。プロみたいだ」

急に意識するようになったせいか、杉浦機長の言動にいちいち照れる。その度に、顔が赤くなり、女性ホルモンがばんばん分泌されているような気がした。

「ほら、君も書いてあげなさい」

私が頼む前に、副操縦士に振ってくれるところも好感が持てる。

「ありがとうございました」

コックピットを出て、上気した頬を手の甲で冷やしながら、客室に戻った。

「ねーねー。CAさん」

途中、例のアロハシャツに、呼び止められた。

はい、と無理やり笑顔を作って振り返ると、アロハ男は隣の人が迷惑するくらい足を開いて踏んぞり返っている。

「ここ、ちょっと寒いんだけど。席、替えてくんない?」

あと数十分の飛行時間だというのに、諦めの悪い男だ。が、隣の乗客が気の毒なこともあり、私は肯《うなず》いた。

「承知いたしました」

「っしゃあ!」

小さくガッツポーズをするアロハ男を連れて、キャビンの後方へ向かう。

「え? 前じゃないの?」

意外そうな声を無視し、最後尾まで行った。

「本日の空席はこちらだけでございます」

そこは福岡で開催されるゲイ・フェスティバルへ向かう外国人の団体が座っているブ

ロックだった。

「へ？　ここ？　マジで？」

「はい。空いているのは、この一席のみでございます」

アロハ男は仕方なく、私が案内した席に座ったが、屈強なオネエの男たちに舐め回すような視線で見つめられ、身を縮めていた。

——自業自得だわ。

背中を向け、キャビンを仕切るカーテンをシャッと閉めて前方のキャビンへ戻る。

自分の持ち場に戻った途端、

「お姉さん、お姉さん」

と、今度は年配の声に引き止められてしまう。なかなかギャレーに戻れない。

「はい。なんでしょうか？」

見れば、駆け落ち中の老婆だ。

「あんた、タダシさん、見なかった？」

「タダシ様……でございますか？」

一緒に搭乗してきた老人のことだろう、と思って周囲を見回すが、それらしき人物は見当たらない。

「そう。タダシさんは背が高くて色男なのよー。あたしのイイ人」

その形容とは、ちょっとばかり印象は違ったが……。

「お連れ様のことですね？　お手洗いかも知れません。ちょっと見てきます」

同行のおじいさんを探すために席を離れようとしたが、老婆が手を握ってきて行かせてくれない。

「タダシさんはね、金髪なの。サングラスをかけててね」

「金髪？」

辺りを見回すと、斜め前の席にモデルみたいにカッコいい外国人が座っている。金髪にサングラスだが、タダシという名前では無さそうだ。

「お姉さん。タダシさん、呼んで来て」

わけがわからず首を傾げていると、そこへ夏目が屑物の回収にやって来た。

「お手回りのゴミがございましたら、お願いします」

左右を見渡しながら声をかけている夏目を見た老婆が、今度は夏目に向かって手を振る。

「あ！　タダシさん！　こっち、こっち！」

ひょっとして、イケメンは全員、『タダシさん』なのだろうか。

そこへ、同行の老人が戻ってきた。老婆は連れ合いらしきおじいさんを見て、

「なんじゃや。もう帰って来たんかい」

と、忌々《いまいま》しそうに顔をしかめた。苦笑いを浮かべている老人が多分、本物のタダシさんだろう。

やれやれ、と密かに息をついて、再びギャレーへと足を進めた。

「お母さん、見て見て！　すごいよ、雲が金色に光ってるよ！」

案の定、フライト・ログ・ブックの持ち主、高山啓太は相変わらずハイテンションだ。窓の外を指さしては、大声で喋っている。そして、母親を挟んで通路側に座っている姉の真由は相変わらず泣いている。搭乗の時からだから、かれこれ一時間以上になる。こちらも心配だ。

「ジュースのお替わり、いかがですか？」

子供用のアメニティーを差し出しながら聞いてみた。興奮状態の啓太と、ずっとしゃくりあげている真由の呼吸を落ち着かせるためだ。

「オレンジジュース！」

そう叫んだのは啓太だ。真由は黙っていたが、ギャレーに戻ってプラスチックのカップを二つ用意し、氷を入れてオレンジジュースを注いだ。

「御嬢様も落ち着かれたら、飲ませてあげてくださいね」

母親の高山裕子に頼むと、彼女は、すみません、と申し訳なさそうに笑った。二人の子供たちに振り回され、疲弊《ひへい》している様子だ。これでは目が行き届かなくても仕方がない。

その後も、私はそれとなく一家を観察していた。

しばらくして女の子が席を立ち、トイレに入った。トイレから嗚咽《おえつ》が漏れ聞こえてくる。何かあっては、と気にかけていると、トイレから出てきた少女は夏目と鉢合わせになった。

彼はすぐさま少女の前にしゃがみこんで、何か話し込んでいる。

——まだ、やることが山ほどあるのに……。

新人の替わりに販売カートの中身をチェックしながら溜め息をついた時、やっとギャレーに戻ってきた夏目も同時に溜め息をついた。

「なんで、夏目君が溜め息ついてるのよ」

納得がいかない。

「あの真由ちゃんっていう女の子、父親の転勤でもうすぐアメリカに行くことになってるそうなんです」

それが自分のことであるかのように寂しそうな顔で語りだす夏目。

「トイレの前で小学生の身の上相談に乗ってたの？」

嫌味のつもりで言ったのだが、彼は「はい」と真顔で答えてからさらに続ける。

「真由ちゃんは『ポム』っていうトイプードルを飼っていて、すごく可愛がっているみたいなんですけど、アメリカでは犬が飼えない環境になるらしくて……」

「その話、まだ続く？」

「はい。続きます」

「は？」

この話を早く打ち切りたくて口を挟んだのに、夏目は深刻な顔のまま肯く。

「それで、そのポムちゃんをお母さんの実家に預けるために、福岡へ向かっているそうなんです。ポムちゃんは今、貨物室に乗っているんですけど、福岡のおばあちゃんは犬が苦手らしくて……」

いい加減にしなさい、と言いかけて、言葉が喉に詰まった。夏目の瞳がウルウルしているのを見たせいだ。自分のことを話しているかのような顔だ。そしてその潤《うる》んだ目許が西洋の人形のように美しい。なんだか言葉を失ってしまった。

「わかった。その話は後で聞くから、今は早く飲み物のカップを回収して来て」

「すみません」

小さく頭を下げたところを見ると、自分が仕事を手早く回せていないという自覚はあるようだ。

「これ、機長と副操縦士のサイン。忘れずに、あの男の子に返してあげてね」

フライト・ログ・ブックを差し出すと、まだ目を潤ませている夏目がホッとしたように微笑した。

「ありがとうございました！」

ぺこりと頭を下げ、そのままキャビンへ戻っていく。その後ろ姿を見送りながら、前途多難だな、と苦笑してしまった。

やがて、シップは関門海峡を越え、福岡上空に差し掛かった。シートベルト着用のサインが点灯し、機体が今日最後の着陸態勢に入る。

ギリギリまでキャビンを見回ってジャンプシートに座ると、夏目もちょうど、ハーネスを締めているところだった。

キャビンでマイペースにサービスをしている時と違い、ここに座っている夏目はなぜか神妙な表情に見える。これまでの離発着時と同じく、静かに目を伏せている横顔を見て、つい「私も飛行機が怖かったの」と告白した。

「え？」

睫毛《まつげ》を跳ね上げた夏目が血の気の失せた顔をこちらに向ける。

「特に『クリティカル・イレブン・ミニッツ』が怖かった……」

航空機事故の大半は、離陸後の三分間と着陸前の八分間に起こると言われている。これをクリティカル・イレブン・ミニッツ、魔の十一分間と呼ぶ。

「じゃあ、なんでＣＡになったんだ、って思うでしょ？　みんなの憧れの職業だったからよ、それだけ」

「それだけ、って……。航空会社の採用試験って、競争率も高いし、そんなに簡単なものじゃないと思うんですけど」

夏目が不思議そうな顔で言う。確かに私がＪＩＡに採用された時、四百名の募集に対して一万人以上の応募があったらしい。

「そうね。けど、受験した航空会社は全部受かったから、ＣＡの適性はあると思われたのかもね」

それほどの情熱も努力もなくCAになったという私に、夏目は驚いているように見えた。

私の大学時代、就活は航空会社とマスコミが人気の業種で、CAやアナウンサーになるための専門学校へ通っている学生もいた。

私もその例に漏れず、仲良しだった四人の同級生に流されるようにして大手航空会社とテレビ局の採用試験を受けた。

私たちはそこそこ名の知れた私立大を卒業見込みの女子大生で、そこそこ悪くない成績をもらっていた。が、五人ともテレビ局は不採用だった。そして、航空会社は私一人が合格した。買い手市場の年で、なかなか就職が決まらないクラスメイトたちに、羨ましがられた。

「でも、この仕事、傍目に見るほどいいことばかりじゃないわ」

CAの仕事は土日祝日関係なしだ。飛ぶか飛ばないかわからないスタンバイの日も外出はできない。それでも、最初の頃は、みんなが私のスケジュールに合わせてくれていた。会った時には、かつて自分たちが憧れた職業の話を、興味深そうに聞いてもくれた。

やがて、友達も仕事が忙しくなり、私の予定にばかり合わせられなくなったのだろう。だんだん疎遠になった。

そのうち、みんな結婚して子供ができ、メールも来なくなった。連絡は年賀状の中の短いコメントのみとなり、訳もなく、取り残されている感覚を持て余すようになった今日この頃……。

　不思議なもので、周囲からの興味や羨望の眼差しが無くなると、急にやりがいも失われはじめた。

「後悔してるんですか？　ＣＡになったこと」

　夏目の質問が胸に迫る。

「いいえ。後悔はしてないけど……。最近、本当に適性があったのかどうか、疑わしいと思うだけ。けど、飛ぶことはもう怖くないわ」

「そうなんですか」

　私の複雑な心境をそのまま写し取ったように、深刻そうな顔になる夏目。さっきの犬の話の時といい、他人の気持ちを自分自身のことのように受け止める性格なんだな、と思った。きっと、その人柄が乗客にも伝わるのだろう。受け持っている乗客が彼から機内販売の商品を買いたがる理由がわかった気がした。純粋で、いいヤツ、なのだ。

　でも、せっかく見直してやったのに、続けてあっさりと、

「向いてないかも知れないと思いながら、この仕事をするのキツいっすね」

　とか言われると、頭の中でカチンと音がする。誰目線なんだ、と。

「私のことは心配してくれなくてもいいわ。というか、私の心配をするなんて百万年早い」

　そもそも立場が逆だ。

「つまり、私が言いたいのは、飛行機が怖いなんて思うのはナンセンスだってことよ。仮

に、一年に百回、飛行機に乗るとして、大事故に遭う確率は三千九百年に一度だそうよ。途方もなく低い確率だし、人間って、麻痺《まひ》するの。ＣＡやってると、慣れちゃうの、すぐに」

そう言って励ましてやったのに、夏目は毅然とした目で言い返してきた。

「俺は慣れるべきではないと思います」

「は？　どういうこと？」

「飛行機が怖いと思ってるお客様はたくさんいると思うんです」

最近、世界中から集めた航空機事故を再現する番組をよく見かける。わざわざ、ずいぶん昔のフィルムまで持ち出して、いたずらに人々の恐怖心を煽《あお》っている。

「もちろん、航空会社の社員は飛行機が安全な乗り物だってことはわかってます。だけど、お客様は航空会社の社員のようにしょっちゅう飛行機に乗るわけじゃないから、恐怖心が麻痺したり、慣れたりすることって少ないと思うんですよね」

「ま、まぁね」

「だったら、その恐怖心を共有して、お客様に寄り添って、気持ちを解きほぐしてあげたいと思うんです。そのためには飛行機に慣れちゃダメだなって」

ぐうの音も出ない。新人に説教されている気分だ。

――まともにサービスもできないくせに……。口から出かかる気持ちをぐっと堪《こら》えた。

「いいんじゃない？　恐怖心を切り替えて笑顔でサービスできるんなら」

「ほんと、そうですね。がんばります」

その返事にも、真っ直ぐな瞳にもムカつくが、確かにキャビンに立つ時の夏目から恐怖心は感じられない。青い顔をしているのは、ここに座っている時だけだ。

やがて滑走路に降りたシップは猛スピードで走りながら、停止するための逆噴射に機体を震わせる。

シップが停止し、夏目がようやく緊張が解けたような顔でハーネスを外しながら、

「あ。さっきの話ですけど」

と、話しかけてくる。また『適性の話』を蒸し返すのか、と身構えた。

「俺はクリティカル・イレブン・ミニッツの恐怖症じゃなくて、酔うんです。離着陸の時に」

「は？」

「すみません。鳥居さんの告白、もっと聞きたかったので、言うタイミングを失いました」

――よくもぬけぬけと。

潤んだ瞳を見て、一瞬でも好感を持ったり、同情したりした私が馬鹿だった。

頭に血が上るのを感じながらも、気を取り直し、事務的に指示した。

「空港からホテルまではキャビンクルーもコックピットクルーも同じバスで移動だから。新人が人数を数えて、揃ったらドライバーにゴーサインを出すの。絶対にクルーの数が揃うまで出発しちゃダメよ」

先輩ＣＡを空港に置き去りにするような不始末をやらかしたら、伝説になるだろう。

「ありがとうございました」

「またのご利用をお待ちしております」

お客様のお見送りを済ませ、私たちはシップを降りた。

他のCAたちと一緒に、一泊分の荷物が詰まったカートを引っ張り、空港ロビーでコックピットクルーの到着を待つ。

結局、三人で行くことになった懇親会のことを考えてしまう。自分の気持ちが、かなり杉浦機長へと傾いているのを実感していた。やはり、酔っ払いから救われた記憶が点数を上げている。当の機長はまだ機内だが、目の前に現れたら心拍数が跳ね上がってしまいそうだった。

「あとはコックピットクルー待ちです」

夏目の中間報告に、「あと十分ぐらいかしら」となにげなさを装って答えながらも、心音が速くなる。

パイロットには着陸後に、今日のフライトを振り返って航空日誌――本来はこちらが本当のフライト・ログ・ブックだ――を書く義務が残っている。そのぶん、遅くなるのだ。

ペンを走らせる機長の横顔を想像していた時、空港の一角で、

「えーっ？　見つからないのー？」

という聞き覚えのある男の子の声が上がった。

見れば、インフォメーションカウンターに高山一家がいる。なぜか姉の真由だけでなく、

弟の啓太まで半泣きになっていた。

「どうされました？」

思わず近づいて尋ねると、母親が申し訳なさそうに口を開いた。

「すみません。せっかく、書いて頂いたフライト・ログ・ブックを機内に忘れてきてしまったようで……。今、紛失物の届けを出したところなんです。でも、もう迎えが来るので、行かなきゃならなくて」

カウンターの中の女性も困ったように、微笑んでいる。

私の側にいた夏目が、すぐさま泣きじゃくる啓太の前にしゃがみこんだ。

「ログ・ブック、どこに置いたか覚えてる？」

「う……ぅ、たぶ……んっく、前の席の……っく……」

「前のシートの背もたれのとこだね？　メニューとか入ってたとこでしょ？　そこに差したまま？」

啓太が大きくうなずくのを見て、夏目が立ち上がった。

「お母さん、忘れ物の届けは出されたんですよね？」

「ええ。でも、連絡はいつになるかはわからないみたいで。私たち、一週間後には渡米してしまうんです」

母親の説明に、啓太の泣き声がさらに大きくなる。

「福岡から羽田へのお戻りはいつですか？」

「五日後の夕方ですけど……」

「わかりました。僕、皆さんが福岡から戻られるまでに探して羽田にお届けしますから」

「ほんと？」

母親が何か言うより先に啓太が声を上げた。

「うん。ちゃんと見つけて届けるって約束するから、啓太君も一つ、僕に約束してくれないか？」

「約束？」

啓太が首を傾げるようにして夏目を見上げる。

「そう。今度会うまでに、真由ちゃんを笑顔にするって約束。羽田で会った時、真由ちゃんが泣いてなかったら、返してあげる」

「うん！　わかった！　絶対、お姉ちゃんを笑わせる！」

「じゃあね、また羽田で」

なんの策も根拠もないであろうと思われる子供の約束に、それでも夏目は満足した様子でクルーが集まっているベンチの方へ戻りはじめた。

「あの子、たぶん、何も考えてないわね。ノープランよ」

「そうですね。でも、真由ちゃんを笑顔にする努力だけはしてくれると思います」

「あなたも同じレベルね」

夏目が「え？」と意外そうな顔をこちらに向けた。

「ノープランなんでしょ？　ログ・ブックを見つける方法」

「ええ、まあ……でも、なくした場所もわかってるし、すぐに見つかるかなって……」

「たぶん、ログ・ブックは戻って来ないわ。見つかるとしても、羽田に届くのは、だいぶ先になるわよ？」

「は？　どうしてですか？」

「機材がもう滑走路に向かってるからよ」

言いながら、牽引車《トーイングカー》に引っ張られブリッジを離れていくエアバスを窓越しに指さす。

当然のことながら、忘れ物はブリッジに繋がれている時が一番見つかりやすい。こちらから連絡した時に清掃スタッフがまだ中にいれば、すでにカウンターへ届けていただろう。

「つまり、届けを出したのに、該当する忘れ物がないってことは、さっき入った清掃の人が見つけられなかったってことよ」

背もたれに付属している後席用のポケットにはドリンクメニューや機内誌などが収められている。機内誌を持ち帰る乗客もいるから、一応チェックはするが、一目見て、その数に過不足や汚損がなければ、それ以上、ポケットを探ることはしない。

「次の目的地を追いかけて清掃に入る会社へ座席番号を伝えることになるけど、貴重品ではないから、他の忘れ物と混載になるわ。五日以内に羽田まで戻ってくる保証はどこにもない」

もちろん、清掃が入る前に次の乗客が持ち去ってしまう可能性もゼロではない。

「マジっすか……」

そう呟いたかと思うと、夏目は猛然と走り出した。

「あっ！　ちょっと！　どこ行くのよ！」

呼び止めたが、振り向きもしない。まさか、高山一家に謝りに行ったのだろうか……。

そうなると、ステイ先へ行くバスには間に合わない。

運悪く、夏目と入れ替わるように機長と副操縦士がロビーに現れてしまった。どこへ行ったのかもわからない新人のために、疲労しているであろうパイロットたちを待たせることもできない。

「では、点呼を取らせて頂きます」

仕方なく、私が乗員の人数を数え、バス乗り場へと誘導するハメになった。

夏目のケータイ番号を聞いていなかったことを悔やみながら、何度も時計を見る。

――もう限界だ。

ドライバーへの報告を躊躇《ためら》っていたのだが、もうこれ以上、パイロットやCPを待たせるわけにはいかない。

私は夏目航を空港に置き去りにすることに決めて、最後にクルーバスへ乗り込んで、ドライバーに報告した。

「乗務員、十四名。揃ってます」

「え？　会社からはコックピット・クルーを含めて十五名って聞いてますけど。最後の一人って、もしかしてアレじゃないですか？」

　ベテランらしき運転手はバックミラー越しに走ってくる夏目を指さした。制服を着ているので一目瞭然だ。

「……そうです……すみません。御迷惑を、おかけして……」

　なぜか私が運転手さんに謝り、夏目が堂々とバスに乗り込んでくるというおかしな構図。その上、遅刻して来た夏目は、突然、着席しているクルーの前で頭を下げた。

「すみませーん。お客様がフライト・ログ・ブックを紛失されてしまいまして。今、新しいのを買って来ましたので、本当にお手数なんですが、もう一度、サインをお願いします」

　つまり、空港の売店に同じものを買いに行っていたらしい。

　――それならそうと言ってから行きなさいよ！

　ここがクルーバスの中でなければ、怒鳴っていたかも知れない。それなのに、荒木ＣＰが上機嫌で一番に賛同した。

「あら。いい話じゃない？　もちろん、協力するわよ！」

　仕方なく私も、回ってきた真新しいブックにもう一度、杉浦機長に褒められたイラストを描いたのだった。

思いどおりにいかない福岡の夜

ホテルに着いて、シャワーを浴びてから私服に着替え、荒木CPの部屋へ行った。

六時半。時計の秒針を見て、約束の時間ぴったりにノックする。

「荒木チーフ。もう準備はよろしいでしょうか？」

ノックをしたが、返事がない。

「チーフ？」

薄くドアを開けると、ベッドの方から叫ぶような声がした。

「鳥居さん！　入っちゃダメ！」

「え？」

ただならぬチーフの声に、ドキッと心臓が跳ねた。

「私、熱があるみたいなの。もしかしたら、プール熱がうつったのかも。あなたにもうつったら大変だから入らないで」

「でも……」

「自分で病院、行けるから。あなたは懇親会に行ってちょうだい」

「ですが、チーフを放って行くわけには……」

「私は大丈夫。すぐに病院で薬をもらってくるわ。鳥居さん、あなた、幹事なんでしょ？

早く行きなさい」

――幹事は幹事だが……。

自分以外はコンサートに行ったとは言えず、すごすごとドアを閉める。

「どうしよう……」

私一人で機長と懇親会……。嬉しいような怖いような……。

どぎまぎしながら、一人で待ち合わせの店へ向かった。


地元では昔から有名な、焼き鳥が美味しい店と聞いていたが、そこは想像していたような煤《すす》けた店ではなく、まだ白木の匂いがする落ち着いた雰囲気の新しい店だった。老舗の二号店という感じだ。

入り口にあるレジの前で、杉浦の名前を告げると、すぐに席へ通された。

奥のテーブルに杉浦機長が一人でポツンと座っている。パイロットの制服と違い、ラフなポロシャツとデニム。なんだか別人のようにカッコいい。

「え？　君だけ？」

多分、今日のクルーの半分は参加すると思っていたのだろう。十人ほどで囲める大きなテーブル。端の方に座っていた機長が意外そうな顔で私を見る。それは拍子抜けしたような表情で……。

――あれ？

「すみません。他のメンバーは予定があるみたいで」

恐るおそる事実を告げる。

「俺、人気ないなあ……」

本気でがっかりした様子で呟く機長。反応が微妙だ。どうやら、私だけを誘いたかったわけじゃないらしい、とようやく気づく。

——じゃあ、あの誘い方はなんだったの？　じゃあ、誰が本命なの？

色々な想像が頭の中を駆け巡った。

「副操縦士《コパイ》の中村《なかむら》君も今日はコンサートに行くとかなんとか言って断られたし。柄にもないことしたからかなあ」

杉浦機長がしょんぼりと言う。

「荒木チーフはすごく来たがってたんですが、プール熱みたいで」

「ふうん」

その『ふうん』もそれほど残念そうなトーンには聞こえず、結局、機長が誰と飲みたくて私に声をかけたのか、まったくわからなくなった。

「まあ、座って」

そう言われても、テーブルが広すぎて、どこに座っても不自然に思える。考えた末、テーブルを挟んで機長の向かいの席に座った。

「なんか、鳥居さんとデートみたいになっちゃったけど、いい？」

急に真顔で言われ、ドキンと左胸が鳴った。

「え？　あ、はい。杉浦機長となら、ぜんぜんオッケーです。無問題《もうまんたい》です」

なるべく意識しないようにして、夏目の口調を真似てみる。

「じゃあ、二人っきりでまったり飲もうか」

嫌いなタイプの男性に言われたら拒絶反応が出てしまいそうなセリフも悪い気がしない。

「はい。よろしくお願いします」

内心、あたふたしながら、手渡されたドリンクのリストを覗き込む。

「ここの店、柑橘類をベースにした酒が美味いらしいよ」

そう言われ、へえ、と肯きながら正面の杉浦機長を見る。

いつもはきっちりと固められている前髪がナチュラルに眉の上にかかっていて、若々しく見える。

──杉浦機長って、こんなに男前だったっけ。けど、誰かに似てる。誰だっけ……。思い出せない。たぶん俳優かな？

機内の酔っ払い事件で杉浦機長が見せた大人の対応に感動したせいか、見れば見るほどカッコよく見える。

急激に惹かれはじめる心を隠し、メニューに集中。

「えっと……。私、あんまり飲めないんですけど……。じゃ、柚子サワーで」

実際、私はチューハイを二杯飲むと顔が真っ赤になり、三杯で足元が危うくなる。

「鳥居さんって、酔っ払っても可愛いんだろうね」

可愛いなんて形容詞を聞くのは何年ぶりだろう。どちらかと言えば実年齢より上に見られることが多いのに。

「おいしー！」

柚子の爽やかな香りとほろ苦さが、ハチミツの甘さにほどよく調和している。そこに炭酸の喉越しの良さが絶妙だ。

「こんな美味しい柚子サワー、飲んだことないです」

「少しジンも入ってるみたいだから、気をつけて」

杉浦機長がメニューに記載されているレシピを眺めながら忠告した。

「はい。大丈夫です。乱れる前に具合悪くなるタイプなので」

失態を演じる前にブレーキがかかる体質だと宣言した。

「そう言えば、新人はどう？」

付きだしの小アジの南蛮漬けに箸を伸ばしながら、杉浦機長が聞いてきた。私が夏目航を教育していることを知っているのだろうか、と不思議に思いながら、

「ええ。いい子ですよ」

と、無難に答えておいた。こんな席で後輩の告げ口みたいな真似をするのも嫌なので、夏目がマイペースすぎて手に余ることは伏せておく。

すると、機長が『ふうん』と意外そうな顔をする。

「杉浦機長。夏目君とは遠い御親戚にあたられるそうですね」

「え？」

機長は一瞬、目を見開いた。

「彼がそう言ったの？」

驚いたようなリアクションにこっちが戸惑う。

「え、ええ……。嘘なんですか？」

「あ。いや、嘘じゃないけど」

機長が曖昧に笑う。

「鳥居君、さっき、新人のことを『いい子』って言ったけど、具体的にはどんな風にいい子なわけ？」

そうやって踏み込んで尋ねられると、答えに窮してしまう。が、いい子だと断言してしまった手前、長所を並べざるを得ない。

「夏目君は素直で、正義感が強くて……いつも自然体です」

「得てして、ゆとり世代は素直で正義感が強いもんだよ。反面、依存心の強い子が多い」

いつも鷹揚としている機長が、なぜか、夏目航には手厳しい。

「夏目君に関しては、依存心は強そうに見えませんでしたけど」

反論するつもりはなかったが、なんとなく夏目の肩を持ってしまった。

「ふうん」

なんだかおもしろくなさそうな反応だ。お互いに腹に一物あるような……。

「機長。昔、お年玉を出し渋ったりしました？」

「は？　お年玉？」

「あ。いえ、なんでもありません」

ビックリしたように聞き返され、自分の妄想を引っ込めた。

「ま。仕事の話はこれぐらいにして、さあ、食べて、食べて」

料理が運ばれてきたのと同時に、機長は空気を変えるように笑った。

テーブルに、ところせましと並べられた料理。

「うわあ、美味しそう……」

地鶏だけでなく、明太子や関サバにサツマイモ。地元の食材を生かした郷土料理が半端なく美味しい。

「鳥居君、いい食べっぷりだねえ。見てて気持ちがいいよ」

その惚れ惚れするような視線と言葉に乗せられ、ついつい酒も進み、食べ過ぎてしまう。

――なんだろう、この安心感……。

シップの最高権威と二人きりで向かい合うというのは、本来なら緊張するはずの場面だ。なのに、内面の包容力が滲み出てくるような笑顔と、落ち着いた口調が心地よくて仕方ない。

――私、本当は年上の人、好きかも……。

どんどん気持ちが引き寄せられていく。

多分、四杯目のグラスが空いた時だっただろうか。機長がやんわり言った。

「鳥居君。そろそろお酒はやめた方がいいんじゃないか？」

「なぁに言ってるんですかあ。明日はデッドヘッドで羽田に帰るだけなんだから、今夜はトコトン、飲みましょう。ね！　機長！」

私の方はなんだか身も心も、フワフワして気持ちいいのだが、杉浦機長は心配そうな顔になる。

「いや、そろそろヤバそうだよ、鳥居君」

そう言われても、私は楽しくて楽しくて、このままホテルの部屋に戻る気になんてなれなかった。

「もう一軒行きましょう、機長！」

ケラケラ笑う自分を制御できないほど気分がハイになっているという自覚はあるのだが、嬉しくて楽しくて、どうすることもできない。

「わかった、わかった。じゃあ、ホテルのラウンジへ行こう」

「はい！」

間髪を入れず返事をして、機長に支えられながら店を出た。

「あー。気持ちいい」

タクシーに手を上げる機長の体に寄りかかり、上気している頬を夜風で冷やしながら月を見上げる。

　普段、ギュウギュウに締め付けていた理性が、CAという虚構の殻を打ち破って霧散し、ありのままの本性が露呈してしまっている感じだ。


「わあ。綺麗……」

　ステイホテルのラウンジの窓からは、博多の街が一望できた。色とりどりの光の粒が密集したり、疎《まば》らになったりしながら地上に散らばっている。非日常的な景色に、また酔いが戻ってきたような気分になる。

　三日月形になった座り心地のいいソファ。手のひら一つ分の距離を開けて、杉浦機長の横に座った。

　純白のブラウスに黒いロングスカートをまとった女性が、オーダーを聞きにきた。

「鳥居君。もう、コーヒーか紅茶にした方がいいんじゃないか？」

　そんな忠告も聞こえないふりをして勝手に注文した。

「シーバス。ロックでお願いしまーす」

「え？　ウイスキー？　ま。いっか。明日はデッドヘッドだし」

　杉浦機長が諦め顔で笑う。

「じゃあ、それ、二つで」

説教じみたことも言わず、下心も見せず、ただ側にいてくれる。

ふと、父親と娘って大人になったら、こうやって飲みに行ったりするのかな、と思った。

――どうして私にはお父さんがいないんだろう。

それは物心ついた頃からずっと持っていた疑問。けれど、なるべくそんなことは考えないようにしていた。それを口にすると母を苦しめることになるとわかっていたから。たった一人の肉親である母を困らせたくなかった。

――でも、ずっとお父さんが欲しかった。

そう思った途端に、わけもなく胸がキュンと切なくなって、涙が込み上げてきた。これって、自分で自分に同情して悲劇のヒロインになりきってしまうヤバいパターンだ。こういうの、一番嫌いだ。そう思っているのに、涙が止まらない。

「と、鳥居君？」

自分でも驚くほど唐突に泣き出してしまった私に、機長もびっくりしている。が、すぐに優しい声で慰めてくれた。

「CAは大変な仕事だな。鳥居君みたいにサラサラ仕事をこなす人でも、ストレスがあるんだね。君はよく頑張ってくれてると思うよ」

誰かに『頑張ってる』と言われたかった。その気持ちを機長にぎゅっと摑まれた感じだ。

「すみ……、ません……」

差し出されたハンカチで涙を拭い、水を飲むように目の前のウイスキーを飲み干した……

ところから記憶がない。

次に気が付いた時、私は誰かの背中に負ぶさっていた。

――温かい。

「え？　き、機長？」

いくらなんでも、杉浦機長におんぶされているというシチュエーションは焦る。

「暴れないでください。落っことしますよ？」

「……………！」

その声を聞いて全身の血が一気に足の裏まで落ちていった気がする。

「な、夏目君？」

「はい」

落ち着いた声。自分が指導すべき新人におんぶされているという事実にゾッとした。

「お、おろして。いや、違う。おろしなさい！」

そう命令する頃には、もう私の部屋の前まで来ていた。夏目がすっと、しゃがみ、私を背中からおろす。

「えっと……。これって……」

ひたすら混乱する私。しゃがんでいた夏目がすっくと立ち上り、至近距離から私の顔をじっと見る。

「がっかりさせないでください。酔っ払って、あんなオヤジに膝枕されてるなんて、マジで失望しました」

「ひ、膝枕？　嘘……。そ、その膝って、まさか、機長の膝？」

「覚えてないんですか？」

驚いたように確認され、おずおずとうなずく。

「信じられねえ。泥酔ってやつですか」

呆れたように言われても……。必死で記憶を辿るが、機長の膝に頭をのせたことも、夏目におんぶされたこともまったく覚えていない。

「ヤバい……。こんなに酔っ払うなんてこと、今までなかったんだけど……」

すっかり酔いは醒めて、ひたすら焦っていた。

「いくら酔ってたからって、あんなヤツに泣き顔を見せるなんて……。いや、もしかして酔っ払った鳥居さんにアイツが付けこんだんですか？」

そう尋ねる夏目の瞳の奥で、怒りの炎が静かに燃えている。

「ち、違う……。私が悪いの。杉浦機長と一緒にいると、ついつい気分が良くて、うっかり飲みすぎてしまったみたいで……」

「気分がいい？」

詰め寄るような言い方をされ、思わず後ずさりしていた。

「あ、いや、そういう意味じゃなくて。まるで保護者といるみたいな気持ちになって……

安心感？っていうのかな……」

　夏目の尋問するような言い方に圧倒され、ついつい言い訳を重ねている。

「そうですか。じゃあ、膝枕でもキスでも、勝手にすればいいじゃないですか」

「キ、キ、キ、キスッ？　私、杉浦機長とそんなこと、したの？」

「してませんよ！　少なくともラウンジでは」

　自分で言っておいて怒っている。が、その言葉で、私と杉浦が飲んでいたラウンジに彼が居合わせたのだとわかった。ステイ先のラウンジだから十分ありえる。

「いや、居酒屋までの記憶はあるから、多分、キスはしてないと思う……」

「多分って……」

　唖然とした顔で見られ、さすがに反省した。

「まー、何をしようと鳥居さんの自由ですけど」

　どこか投げやりなセリフを残し、夏目が踵を返す。何をそんなに怒っているのかわからない。

「あ、あの……夏目君……」

　スタスタ歩き去る彼を反射的に呼び止めた。振り返った彼はなんらかの言葉を期待しているように見えた。

「夏目君、この際、お年玉のことは忘れようよ」

「は？　お年玉？」

「あ、やっぱ、原因はそれじゃないんだ。じゃあ、どうしてそんなに杉浦機長のこと、嫌いなの？」

「は？　今はそんな話じゃないでしょ」

「そ、そうだよね。教育係としてみっともないとこ見せちゃって、ごめんなさい。でも、杉浦機長はパイロットにしてはいい人だと思う」

咄嗟に夏目の心から杉浦への偏見や敵意を取り払いたいと思った。

「私、色々あって、パイロットという人種は好きじゃなかったけど、杉浦機長は包容力のある尊敬できる人だと思う」

「ああ、そうですか」

冷たく言って、彼は再びエレベーターホールの方へと通路を引き返していく。

「なによ、男のくせにカリカリして」

聞こえないと思った独り言に反応するように、夏目がピタリと足を止め、振り返った。

「何か言いました？」

「いえ。運んでくれて、ありがとうございました」

私が頭を下げると、夏目は「はあっ」と意味ありげな溜め息を残して去っていった。

板挟みのデッドヘッド

翌日のデッドヘッドは、私にとってかなりの罰ゲームだった。

そもそも、デッドヘッド自体、あまり楽しい移動ではない。仕事もせずに飛行機に乗れるのに？と思うかも知れないが、席はエコノミーの一番後ろ、つまりリクライニングできない直角シートだし、乗務中のＣＡに『お飲みものは？』と聞かれても『余ってるものでいいです』という感じで気を遣う。

しかも、国内線は移動距離が短いため、ＣＡだけでなく、機長や副操縦士も直角シートに座る。ＣＰの視線も怖いが、コックピットクルーの目も意識しなければならない。爆睡するわけにも、同僚とペチャクチャ喋るわけにもいかない。

しかも、今日の私に割り当てられたシートは、右隣が杉浦機長で、左隣が夏目航。

わかっていれば、このイケメン二人に挟まれるという特等席を誰かに譲ったのだが、後から搭乗してきた二人が着席した直後に場所を替わってもらうというのも不自然すぎる。

――ああ。最悪だ……。

二人とも昨日の話をするどころか、私には一言も話しかけて来ないのだが、隣に座っているだけで、否応なく、夕べの失態が脳内で再生される。ところどころ記憶がないので、半分ぐらいは想像だが、飲みすぎて機長に寄りかかり、二軒目で膝枕され、最後は夏目航におんぶされて部屋の前まで運ばれるという大失態。

――あああ。消えてなくなりたい。

二人は互いに牽制しあっているのか、ずっと黙っている。

――余計に居づらい……。

自業自得だということはわかっているが、頭と胃の痛む二時間だった。


「あ！　鳥居君！」

デッドヘッドで戻った本社ビルの廊下で、杉浦機長に声を掛けられ、ドキリとした。

「昨日は大丈夫だった？」

「あ。ええ。すぐに酔いは醒めました。すみません、久しぶりに飲んだせいか、酔っぱらってしまったみたいで……」

そうか、と安心したように呟いた機長が、なぜか不意に苦笑した。

「ラウンジで君のトレーニーに睨まれてしまったよ」

「は？　夏目君ですか？」

「そう、その夏目君。僕が君に気があると勘違いしたみたいでさ。そういうつもり、なかったんだけど、やはり君、モテるんだねー」

――勘違い？　そういうつもり、なかった？

私が一人で居酒屋に行った時の反応から、なんとなく気づいてはいたが……。

はっきり口に出して否定されると、なんだかガッカリした。杉浦機長のことを本気で好きになりかけていたのに、と。

が、相手が自分に好意を持っていたわけではないらしい、と思った途端、気持ちがスッと機長から離れ、熱が醒めるのを感じた。

久しく恋をしていない私は、中堅CA憧れの的である機長と恋愛をするというシチュエーションを夢みていたような気がする。『誰もが羨む恋』に恋をしていた気分だ。

――私は何も変わっていない。

小さい頃から、回りの友達が持っているのと同じ服やオモチャが欲しかった。学生時代はみんなが憧れるアーティストや俳優に夢中になった。就活の時は、クラスメイトたちが『CAになりたい』というから、自分も航空会社の採用試験を受けた。

それから……。入社してすぐ、同期の中で一番人気があったパイロット候補に惹かれ、その本人から付き合ってと言われ、有頂天になった。

――私は変わってない。ずっと……。

「で、夏目君がさぁ」

自分に失望している私に、機長が畳みかけるようにように言う。

「僕を睨んだまま、君をお姫様抱っこして、ラウンジから連れ去ったんだよ」

「お、お姫様抱っこ？」

気づいた時には、夏目の背中におぶさっていたのだが、ラウンジで夏目にお姫様抱っこされている自分を想像して顔が火を吹いた。
——お酒はもうやめよう……。
固く心に誓った。

休日《オフ》

幸せあふれる結婚式

開け放たれた教会の扉の向こう、白いリムジンが停まり、新郎新婦が到着した。

参列者の席順は特に決まっていなかったので、私は教会の後ろの方の席で、その様子を眺めていた。

グレーの燕尾服《えんびふく》を着た男性にリムジンのドアを開けてもらい、先に降りて来たのは同期入社の副操縦士、伊沢敦史《いざわあつし》だ。

伊沢君はポッチャリしていて性格も温厚なので、同期の飲み会ではいつもいじられ役だった。けれど、ダイエットに成功したという噂は本当らしく、フェイスラインが幾分スッキリしている。ヘアスタイルも今風のツーブロックで、白いタキシード姿もそれなりに似合っていた。

その後、同じドアから純白のレースが溢れ出し、伊沢君の手を借りてようやく姿を見せた花嫁は、こちらも同期でCAの三上愛子《みかみあいこ》。

アイドル系の顔立ちで、おっとりとした、ちょっと頼りない感じが可愛いと入社当時から評判の同期男子憧れの的だった。が、今日はいつもの人懐っこい雰囲気と違い、しっとりとした大人の美しさを見せている。

彼女は見た目の愛くるしさだけでなく、明るく、人当りも良かったので、

「どうして伊沢なんかと」

というヤッカミの声も聞こえてきたりした。が、こうして並んで見ると、それほどのギャップもなく、伊沢君もカッコいい。

なんにせよ、どんなに回りが嫉妬しようとも、間もなく彼女は、このチャペルで永遠の愛を誓い、伊沢愛子となる。

車を降りた二人は、腕を組んでゆっくりとこちらへ歩いて来た。そして、教会の扉の前まで来た伊沢君が、愛子を彼女の父親に託す。

パイプオルガンの幽玄な音色が『アヴェマリア』を奏ではじめ、愛子と彼女の父親が私のすぐ横に立って、バージンロードを祭壇へと向かい、歩き出す。花嫁の後ろを歩く、二人の小さなヴェールガールの背中には、天使のような羽がついている。そんな愛らしい演出もさることながら、真っ白なレースで覆われている同期の横顔は、溜め息が出るほど綺麗だった。

結婚式に出ると、決まって結婚願望が頭をもたげる。そう言えば、昨日の母の話も、お見合いのことだった。お店の御客さんの中に大手の結婚相談所の社長さんがいるとかで、山のような会員データを出してきた。一枚も見もしないで却下したことを少しだけ後悔しはじめる私……。

そうこうしている内に、指輪の交換が始まる。その時ふと、二つ前の席に見覚えのある後頭部を見つけた。二年前、私に『後悔するぞ』という捨て台詞を投げつけた男だ。

——森上瞬。来てたんだ……。

同期なのだから参列して当然と言えば当然なのだが、私の中に、元彼、なんて簡単な言葉では片付けられない複雑な思いが甦る。

なんだか縁起でもないものを見たような気がして、慌てて目を伏せ、清らかな讃美歌に耳を傾けた。

式は進み、神父様が「汝《なんじ》は病める時も健《すこ》やかなる時も～」と新郎新婦に夫婦となる覚悟を問う。

アラサーにもなるとだいぶ慣れてはきたが、知っている人間の『誓いのキス』を目の当たりにするのは、直視に耐えないものだ。なかなか映画やドラマを見るようにはいかない。

——自分の時は絶対、和風の神前結婚にしよう。

何度目かの決心をしているうちに、チャペルでの式は終了した。

今度は参列者が先に外へ出て、二人が出て来るのを待つ番だ。

恒例のブーケトスというやつが行われる。

——うっかり受け取って、同期の注目を浴びるなんて嫌だ。

私は後ろの方に立って、目立たないようにしていたのだが……。

「紗世ーッ！」

愛子が大きな声で私の名前を呼び、こちらへブーケを放った。

——マジか……。

放物線を描いてこちらへ飛んで来たバラの塊、いや幸せのおすそ分けを故意に落とすわけにもいかず、業務用スマイルを浮かべつつ義務的な気持ちで受け取る。

――あーあ……。ほんと、ありがた迷惑。

思えば、訓練生時代に同じクラスだった同期の中で結婚していないのは五人程度だ。その内、松下百合ともう一人は婚約中で、ほぼ日取りも決まっている。残っている三人の中だと、私が一番仲が良いという認識なのだろう。嬉しいような悲しいような複雑な気分だった。

しかも、ブーケを受け取ったまま立ち尽くしている私を見て、昔の男、森上がクスッと笑った。あまりの屈辱に気が遠くなりそうだった。

「おめでとー！」

「伊沢、このヤロー、幸せにしろよー！」

「愛子、綺麗！」

リムジンへと向かう小道の両側には参列者が並び、二人に祝福の言葉と一緒に、小さな籠の中の花びらをまく。

ピンク、黄色、赤、オレンジ色。

色とりどりのフラワーシャワーを浴びながら、伊沢君と愛子は笑顔で祝福に応えていた。

チャペルの鐘が鳴り響く中、二人はリムジンで去っていった。

残された私たちは、ホテルのバスで披露宴会場に移動する。

「綺麗だったね、愛子」

感激屋の百合が、ハンカチで目尻を拭っている。

「そうね。綺麗だったね」

妙に醒めた気持ちで答えている私……。

ホテルの大ホールの入り口には、美しいプリザーブドフラワーをあしらったウエルカムボード。

「本日はわざわざ、ありがとうございます」

素早くお色直しをして、白い打ちかけに着替えた愛子が、金屏風の前で出席者を出迎えている。紋付き袴に着替えた伊沢君は、完全に添え物のようになっていた。

招待客は二百人を超えているだろう。広いホールに二十以上の卓が並べられている。

一緒に披露宴会場に入った百合が隣に座って、コソコソ耳打ちして来た。

「さっき、入り口で先輩に聞いたんだけど。伊沢君って、北海道の地主の息子らしいよ。都内だけじゃなくて、札幌市内にも豪邸があるんだって」

「へぇ……」

そう言えば、招待客のリストには航空業界だけでなく、農業関連の有名な団体名がちらほらあり、幹部らしき役職名も並んでいた。ついさっき、感動の涙を流していた百合が、不服そうに唇を尖らせる。

「愛子ってば、ぼんやりしてるように見えて、意外と抜け目なかったのよ」

「は？　そこ？」

「だって、訓練の時、私よりトロかったのに、こんなとこだけちゃっかりしてるなんて許せない」

「百合。こんな席でそんなこと言わないの」

普段は優しい百合が珍しい、と思いながら、さすがにたしなめる。

だが、そもそも、トロい人間にCAの仕事や人間関係はこなせないだろう。それをおっとりと七年間も続けて来たのだから、相当なものだ。これこそが、CAの適性というものかも知れない。しかも、そろそろ潮時だとみんなが思いはじめる時期に、好条件の相手を見つけて寿退社だ。

「だって……」

百合がまだブツブツ言っている。同じタイプの人間に対する近親憎悪だろうか。同期のセレブ婚に嫉妬しても仕方ないだろうに。首を傾げた時、私たちが座っているテーブルに二人の男がやってきた。

――うわっ。

思わず、声を上げそうになった。

よりによって、元彼が同じテーブルの向かいに座ったのだ。

森上瞬が隣の副操縦士《コ・パイ》と話をしている隙に、百合が耳打ちしてきた。

「愛子ってば、紗世が森上君と別れたの、知らなかったんだ……」

私も森上も、わざわざ社内恋愛を吹聴したりしていなかったから、破局どころか付き合っていたことも知らない同期がほとんどだろう。愛子や伊沢君も、事情を知っていれば、ワケありの二人を同じ円卓に配席したりしなかっただろうが……。

「もう、終わったことだから」

百合にも、別れの理由は言っていない。

「昔の話だし」

まったく気にならないはずはないのに、強がりを言って笑ってみせた。

「そっか。もう二年も前の話だもんね」

百合が私の言葉をうのみにして笑う。が、本当に気にしていないのであれば、私と森上が、ウエディングケーキ入刀の後の乾杯が終わっても、一度も視線を合わせない、という状況にはなっていないだろう。

なんだか、食事も喉を通らず、息苦しい。自分の中にここまで、わだかまりがあるのが意外だった。別れたこと自体を後悔はしていないのに……。そのわだかまりの正体がなんであるのか釈然とせず、モヤモヤした気持ちのまま、幸せそうな新郎新婦を眺めていた。

お色直しに新郎新婦が引っ込んだので、私もそのタイミングで席を立つ。

トイレで化粧を直し、広い通路に置かれたカウチに座ってメールのチェックをした。

新規メールは母からの『本当に、お見合いをしないの？』という一件のみ。

『しませ ん。自分の結婚相手ぐらい、自分で見つけます』

　故意に他人行儀な文面を打ち返し、ふうっ、と溜め息をついてスマホをバッグに入れた。

　その時、ふっとカウチが沈むのを感じて隣を見た。

　——げっ。

「元気だった？」

　私の隣に座った元彼、森上瞬が、視線を前に向けたまま、口を開いた。

「ええ」

　私も前を向いたまま、素っ気なく答えた。

　さっさとソファを立ちたかったが、過剰に意識していると思われるのも癪だった。

　しばらくの沈黙の後、森上が、

「紗世。俺の中のプライオリティ、まだ変わってないから」

　と、やはり私の顔も見ずに言う。

「は？」

「は？じゃねえよ。俺が最後に言った言葉、覚えてないのかよ」

　そう言われて仕方なく、忌々しい記憶を辿る。

「後悔するぞ、って言葉？」

「それじゃなくて！」

　ようやく目が合った。それと同時に『結婚してもいいと思ってるのは、紗世だけだ』という二年前のセリフが甦る。

「プライベートでは二年も音信不通だったのよ？　今さらすぎない？」

「二年なんて、パイロットにとってはあっと言う間だ。まー二年間、なにもなかったとは言わねえけど、やっぱ結婚すんなら紗世だな、って思ってる」

――いけしゃあしゃあと……。結婚してもいいと思ってる相手に、二年もの間、メールすらしないって、どうよ。

きっと誰ともうまくいかなくて、一番付き合いの長かった私のところに舞い戻ろうという魂胆に違いない。自分が「一番、都合のいい女」に認定されたような気がした。

拳が震える。が、私は努めて静かに喋った。

「でも、パイロットは浮気する生き物だっていう『座右の銘』も変わってないんでしょ？」

「そこは譲れない」

同期で一番のイケメンと言われている男が、ドラマの主人公みたいな口調で断言する。

「あー、良かった」

「え？」

「あの時別れて良かった、って言ってんの」

そう言って立ち上がった私を、森上がぽかんと見上げている。

「森上君が私と別れたことを後悔して、すっかり考え方が変わって、すごくイイ男になってたらどうしようって、ずっと思ってたから」

「はあ？」

彼が人間的に大きく成長し、再び私の前に現れたら『惜しいことをした』と思うかも知れない、と心のどこかで思っていた。

「二度と話しかけないで」

森上の視線を背中に感じながら、ストンと心の中のわだかまりが消えたのを感じた。反省の色がなく、まったく成長していないことを知って、逆にさっぱりした気分だ。

――何年経ってもクズはクズのままだった。多分、あの男は一生、クズだ。

それがわかってスッキリした。自分の選択に誤りがなかったことを誇りに思った。

再び、披露宴会場のテーブルについた時、唐突に、ぽかんと自分を見上げる森上の顔を思い出した。

「あはははは」

思わず、声を出して笑ってしまう。

「紗世ってば、なに？　すっごい豪快な思い出し笑い」

百合がきょとんとしている。その顔に、さっきの森上の顔が重なり、余計におかしくなる。ヤバい、笑いが止まらなくなりそうだ。

「紗世、大丈夫？」

急に笑い出した私を周りの人も見ているけれど、別にいい。二年間分のモヤモヤを一気に解消できたのだから、ここは思いっきり笑ってしまおう。

照明が落ち、暗くなったホールにカクテルドレスと白いスーツに着替えた新郎新婦が入場してくる。手には長いキャンドル。ゆっくりと、一つひとつのテーブルに温かな火を灯していく。

ローソクの先端で揺れる炎を見つめながら、これで心置きなく、新しい恋に向き合えそうだと思った。その瞬間、ふと、杉浦機長の顔が浮かんで消えた。

――やっぱり、あれは恋じゃなくて、父親への憧憬《しょうけい》だったのかな。

思えば、母が日比谷で一緒に歩いていた人と同じくらいの年だ。

次に、夏目航の顔が浮かんで消えた。

――ないないないない。あんなマイペースな年下なんて。……ダメだ。完全に人材不足だ。新規投入が必須だわ。

「百合。百合の結婚式には独身の男性、いっぱい集めといてね」

頼りになる同期は、親指を立ててウインクを返してくれた。任せておけ、という風に。

そのおどけた仕草に笑って、ふと視線を落とすと大きな引き出物の袋の中で新婦が投げてくれた赤いバラのブーケが、こちらを見上げていた。

百合と私

翌日、私は予約してあった、フラワーアレンジメントの一日スクールに参加した。

百合への結婚祝いを色々考えてみたが、コレというものも思いつかず、少し奮発した金額のカタログギフトに決めた。

けれど、それだけでは味気なさすぎる気がして、何か一つ、手作りのプレゼントを添えたいと思ったのだ。

それを先輩CAに相談すると、彼女が通っているフラワーアレンジメント教室を紹介してくれた。レッスン料と材料費を払えば、ウエルカムボードの個人レッスンをしてくれるという。

不器用な私が、繊細なプリザーブドフラワーを使って、人生初の花切り挟みやグルーガンで創作するのだから、最初はどうなることかと思った。

が、厳選された材料と、事前に講師が作っておいてくれた愛らしい花嫁と花婿姿のクマの縫いぐるみとで飾ったボードは我ながら会心の出来、と言えないこともなかった。

ウエディングドレスに身を包み、最高の笑顔で出席者を出迎える百合。その傍らのイーゼルに飾られている、お手製のウエルカムボードを想像すると、ちょっぴり嬉しいような恥ずかしいような、なんだかくすぐったい気分だ。

できあがってみると、早く百合に見せたくなった。今すぐ、ウエルカムボードだけでも渡したくなって、百合にメールを入れた。

『これから時間ある？　いつものトコ、来れる？』

見た目の優しいムードと違い、百合の返事はいつも素っ気ない。

『ＯＫ』

どうやら、これからすぐ待ち合わせ場所に来れるらしい。

私たちの言う『いつものトコ』とは、成田国際空港の近くにある『さくらの山公園』だ。九州出身の百合は成田近くの会社の女子寮に入っている。入社して二、三年するとみんな出ていってしまうのだが、堅実な独身女性は結婚するまで家賃の安い寮に住み続ける。私の家は日暮里で、遠いとはいえ成田までは電車で一本だ。なので、待ち合わせの時は必ずこの、さくらの山公園へ来た。

寮から歩いて来られるこの公園は、飛行機の離着陸をごく間近に眺めることができる場所として有名だ。滑走路の北側に位置し、よくドラマの撮影にも使われる。

今日もできるだけカップルのいない、長いベンチの端に腰かけて待っていると、

「紗世ー」

と、Ｔシャツにデニムの短パン、足元はクロックスの百合が現れた。

入社当時は寮を出る時も周囲の視線を気にしていたが、もう『どんな時でも会社の顔だという誇りを持って』とか面倒くさいことを言う怖い先輩もいないらしい。

「どう？　結婚の準備、進んでる？」

「うーん。あんまり」

結婚が決まった時に比べ、百合のテンションは明らかに下がっている。その憂鬱そうな顔を見たら、プレゼントを差し出すタイミングを失ってしまった。

「喧嘩でもしたの？」

マリッジブルーというやつだろうか。

「そんなこともないんだけど、最近、本当にこれでいいのかなって思ったりして」

「は？　このタイミングで、それ言っちゃう？」

唖然とする私を尻目《しりめ》に、百合が、「はあーっ」と長い溜め息をつく。

「なんか、式が近づくにつれて迷いが深まるっていうか。だって、自分の人生、賭けるわけだから」

「それはそうだけど」

「ほんとは不安なんだ。今まで地味に生活してきたつもりだけど、やっぱりCAの付き合いは派手だから……。贅沢が身についちゃってると思うんだよね。彼の給料で専業主婦できるかなあ、なんて思ったり」

「じゃあ、どうしてCA辞めちゃうの？」

そう尋ねると、百合は一瞬、言葉に詰まった。が、すぐに、

「見栄よ」

と、きっぱり言い放つ。

セレブに嫁いで寿退職し、習い事だのホームパーティーだのと、優雅に遊び暮らすのは
CAの夢。けれど、堅実な百合までそんな風に考えているとは思わなかった。

「紗世はいいよね。昔から、よりどりみどりで」

「なによ、それ」

身に覚えのない言いがかりに呆れ、笑いながら言い返した。

「同期で一番人気の男子をフッたこと、忘れた？」

「森上のこと？」

――フッたって言うのかな、アレ。

まあ、私の方から別れを切り出したわけだから、傍目にはそう見えるのかも知れない。

「紗世は私の欲しいもの、全部持ってるんだよね」

いつも天真爛漫な百合の、僻《ひが》みっぽい口調は初めてだ。

「百合の欲しいもの？」

「私、紗世が通ってたみたいな私立のお嬢様学校、行きたかったんだ」

「そうなの？」

学生時代にそれほどいい思い出もない私にとっては、意外だった。

「ハッキリものを言っても許されるキャラっていうのも、羨ましいし」

それって、性格がキツいことを公認されているという意味だろうか。まったく自覚がなかった。

「なんか、杉浦機長と夏目君も、紗世を奪い合ってるみたいだし」

「は？　なに、それ？」

「夏目君が杉浦機長の横で酔っぱらってる紗世を、お姫様抱っこで連れ去ったじゃない」

「げっ……。百合、あの場にいたの？」

「居たよ。同窓会の後の二次会、みんなが気を遣ってステイ先のラウンジにしてくれて。みんなが『ドラマみたいやね！』って、羨望の眼差しで見てたんだから」

私にとって猛烈に恥ずかしい記憶を、百合は完全に誤解している。

「紗世はいずれ、みんなが憧れるような人をゲットすると思うんだよね。それにひきかえ、私は……普通のサラリーマンと平凡な結婚しかできない」

なんだか、イライラしてきた。

「あのさー」

言わない方がいいのはわかっていたけれど、黙っていられなかった。

「今になって、なに、ぐだぐだ言ってんのよ。じゃあ、代わってよ」

「代わる？」

百合が意外そうな目で私を見る。

「そうよ。代わってほしいわよ。私は百合のフィアンセみたいな誠実で優しい普通の人と結婚して、普通の奥さんになりたいのよ」

「え？　そうなの？」

意外そうな顔。

「ウチは母一人、子一人だから、お母さん、銀座のクラブを切り盛りしながら、無理してでも私に色々な物や環境を与えてくれた。けど、私、そんなものより、親子三人でテレビ見たり、スーパーで買い物したりしたかった。そういう家庭を築きたいの」

「そ、そうだったんだ……」

「学校だって、あんなとこ、別に行きたくなかった」

「え？」

「お嬢様育ちのクラスメイトは意地悪なんてしなかったけど、まったく悪気のない無垢《むく》な顔で『サヨちゃんってお父さんいないの？』とか『お母さん、お酒を出すようなお店やってるってほんと？』とか、不思議そうに聞かれて辛かった。私は百合の実家が大好き。あんな普通の家族に囲まれていたかった」

真っ直ぐに公園の金網を見つめ、初めて他人にこんな本心を吐き出した。

「ごめん、紗世」

百合が私の手を握った。膝の上でぎゅっと握りしめていた自分の指が、小刻みに震えていることにやっと気づいた。

られていた。

私こそごめん、という言葉が喉に引っ掛かって吐き出せないまま、私は百合に抱きしめ
「紗世、ごめんね……」

「ごめん」

百合が何度も謝る。けれど、喉の奥に熱いものが詰まっていて何も言えない。百合が声を上げて泣くのを聞いているうちに、私も泣いてしまった。

二人で子供みたいにしゃくり上げながら、私はなんで今まで百合のことを羨ましい、と口に出して言わなかったんだろう、と不思議に思った。

やっと本音で喋ることができたのに、もうすぐ百合は嫁いでしまう。

「う……ゆ、百合ぃ……、ひっく……辞めないでよぉ……うっく……」

「ひくっ、も……もう、辞表出しちゃったもん……んっく……」

私たちは抱き合って、お互いの嗚咽で体を揺らしながらさらに本音をぶつけ合う。

「うっく……。だ、だって……、ただの見栄……なんでしょ……んっく……」

「ひくっ……う、うん……。ただの見栄だよぉ」

「じ、じゃあ、撤回してよ……」

「紗世ぉ……」

無理を言っているのはわかっていた。それでも、百合と一緒にフライトできなくなると思うと、今更ながら胸が潰れそうになる。

「百合ぃ……。辞めないでよぉ……」

時間も周囲の視線も忘れて号泣《ごうきゅう》した。

しばらくして百合がポツリと言った。

「……撤回する」

「へ？」

思わず百合から離れ、彼女の顔を見た。泣き顔のまま笑っている。

「だって、紗世、私以外に友達いないんだもん。ほっとけないよ」

「は？　やっぱり私、友達いないの⁉」

「ふふふっ」

百合が噴き出すように笑った。

「あはははは」

私も手の甲で涙を拭いながら笑った。

金網の向こう、目の前をＪＩＡの青い機体が滑走していく。

七年間、百合と一緒に乗務した飛行機。けれど、今日やっと本音を言い合い、親友になれた気がする。本当に辞表が撤回できるのかどうかはわからないけれど、百合とこれからもずっと一緒に働きたい。明日も、その次の乗務も。あの飛行機に乗って、ずっと。

あっと言う間に小さくなっていく機影が雲の向こうに消えるまで、二人で見送ってから、自分でラッピングしたウエルカムボードを差し出した。

「はい。これ、お祝い」

「えっ、なに？」

ようやく泣きやんでリボンを外す百合。その横顔が優しい。

「うわ。ウエルカムボード？」

「そう」

「手作りなの？」

「そう」

百合は静かに俯いた。その頬を綺麗な涙が滑り落ち、ピンクのバラの花びらを濃い色に染める。

「すっごい雑……」

百合が泣きながら憎まれ口をたたく。

「だって、私、こういうのやったことないし、不器用なんだもん」

「雑だけど、うれしい」

「雑だけど、は余計」

そうやって、すっかり暗くなった公園のベンチで、私たちは寮の門限まで泣いたり笑ったりして語り合った。

成田ーロンドン

新人がファーストクラス!?

休日《オフ》が明けて、次のフライトは国際線の乗務だった。

この日、自宅から空港までの移動は公共交通機関だったので私服。

私は航空会社から支給される乗務員用のバッグとカートを使っているせいか、電車の中でじろじろ見られることがある。

市販の物とは微妙にデザインや材質が違っている上に、よく見ると小さな飛行機のバッジやロゴがついている。それをちらちら見ているのは、多分、同業者か航空業界に詳しい乗客だろう。

こういうことがあるから、どんなに電車が空いている時間でも、ヘトヘトに疲れていても、背中を丸めて優先座席に座るなんて真似はできない。家を出た瞬間からＣＡを演じているのだから、移動時間も乗務手当てがほしい、と思うことがある。


人目を気にしながら成田空港に到着したのは、午前九時。フライトの約二時間前、国際線の会社到着時刻としてはちょうどいい時間だ。

「おはようございます」

廊下ですれ違いざま、夏目航が私に会釈をした。休みを挟んで二日ぶりに見る彼の態度は、どことなくよそよそしく見えた。

――ま、いっか。

さっさとカンファレンスルームの方へ歩いて行く夏目の背中を見送る。

出社の入力をして必要書類をプリントアウトしたが、まだ、プリ・ブリーフィングまでには少し時間があった。

時間つぶしにカフェテリアで乗務員名簿を眺める。

「うわっ。また荒木ＣＰは般若様かあ」

二回続けて荒木ＣＰというのは珍しい。

ほろ苦いコーヒーを飲みながら、分担表を眺めていて、ふと首を傾げた。

「あれ？」

ファーストクラス担当欄に自分と夏目航の名前がある。

『一度はファーストクラスを担当してから辞めようね』

それは仕事がきつくなって来た時の新人ＣＡの合言葉。それぐらい、ＣＡにとって、ファーストクラスを担当することは目標であり、憧れだ。芸能人や政財界の常連も多く、キャビンの空気感がまったく違う。

料金はエコノミーの三倍以上だ。ミスやクレームは許されない。だから、私ですら、シニアになってやっと担当させてもらえる機会がチラホラ出てきた程度。それをまだ乗務二回目の新人が受け持つなんて考えにくい。

何かの間違いだと思い、カンファレンスルームで他のCAたちと談笑している荒木CPに声をかけた。

「チーフ、すみません。これ、入力ミスでしょうか？」

私は乗務担当リストを荒木CPに見せ、ファーストクラス、すなわちFクラス担当となっている自分と夏目航の名前を指さした。

「いいえ。今回はロンドンへの往路だけ、夏目君と二人でファーストクラスを担当してちょうだい。ただし、帰りはYクラスで」

「承知しました」

異例のことに、側にいたCAたちも『へえ』という反応だ。

「大丈夫よ。今日、Fクラスの御客様は瀧川《たきがわ》様だけだから」

それを聞いて改めて乗客名簿を見た。間違いだと思い込んでいたので、乗客名簿のチェックを怠っていたのだ。

このフライトでただ一人のファーストクラスの乗客は、老舗の製薬会社『タキガワ製薬』のオーナー社長、瀧川浩二《こうじ》、五十七歳。私が担当させてもらうのは初めてだが、瀧川社長はファーストクラスに最もふさわしいお客様の一人だ、とCAの間では有名だ。人呼んで『エア・パッセンジャー』。つまり、居るのか居ないのかわからない、空気のような乗客という意味だ。

ファーストクラスの乗客の中には、ファーストならではのサービスを洗いざらい堪能しようとする人もいる。こういう乗客はビジネスクラスからのランクアップ組に多く、『減多に乗る機会がないんだから』という貪欲さがあり、ＣＡへの注文や我儘《わがまま》が多い。が、瀧川社長のように『ファーストクラスが当たり前』という人は物静かだ。フライト中、瀧川社長に一度もコールされたり呼び止められたりすることがなかった、という話もよく聞く。

だからといって手を抜いていいわけではない。そういう御客様にこそ粗相があってはならない。何しろ、新人が一緒なのだ。私がしっかり務めなくては。自分に気合いを入れてテーブルについた。

その日のブリ・ブリーフィングは、なんとなく落ち着きがないものに感じられた。長距離の国際線の場合、コックピットのメンバーは交代で飛ぶため、パイロットは四人、ＣＡも到着地ベースのクルーが加わり、二十人程度に増える。

今日は国内線よりも人数が多いせいもあるだろうが、それにしても、やたらざわざわしていた。ＣＡたちがコソコソと内緒話をしたり、よそ見をしたり。

「ブリーフィング中の私語はやめなさい」

ついに荒木ＣＰが注意をするという異例の事態だった。

——なんだろう？

本人には別段、変わった様子もなかったのだが、ＣＡたちが意識していたのは、夏目航であるように見える。

「十二時間四十五分の長いフライトです。気を引き締めてしっかり務めましょう」

最後に荒木CPが、再び活を入れるような厳しい口調で締めくくり、プリ・ブリーフィングが終了した。

「夏目君。今日も早めに入るわよ。Fクラスだそうだから」

「あ。はい」

テーブルに残ってジュニアのCAたちと喋っていた夏目はすぐに立ち上がって、カンファレンスルームを出る私についてきた。その後ろ姿を若いCAたちの目が追っている。

「だいぶ、他のクルーにも打ち解けてきたみたいね」

会社を出て国際線の出発ロビーに向かいながらそう言うと、夏目は、はあ、と実感のこもらない顔で返事をした。

「ブリーフィング中も、なんだか、注目を集めてたみたいだけど、なにかあった？」

「さあ……。イケメンだからですかね？」

「…………」

あながち的外れでもないから、そのとぼけた受け答えが余計に腹立たしい。

——聞かなきゃよかった。

後悔して口を閉ざし、出国ゲートを抜ける。乗務員用の出国審査はごく形式的なもので、国にもよるが、制服を着ていれば、パスポートに出国のスタンプすら押さずに通り抜けることができる。でなければ、乗務員のパスポートは辞書並みの厚さになってしまうだろう。

――ああ、この匂い。

ゲートを抜けると免税店から溢《あふ》れてくるむせ返るような香水の匂いが漂っている。この香りを嗅ぐと、これから国際線に乗るのだ、というスイッチが入る。

「鳥居さんはステイ先で観光とかするんですか？」

今回はロンドンで二日間のオフがある。彼にとっては乗務員として初めて滞在する海外だ。多分、過ごし方がわからないのだろう。

「ジュニアの頃は先輩に引っ張り回されたりしたけど、今は近場でのんびりしてるわ。私はあまり遠出しないの」

「そうなんですか。なんか、もったいないですね」

確かにCAになりたての頃は夢中になってステイ中のプランを立て、観光やショッピングをしたものだ。

「ま、基本的にはステイ先での行動は自由だけど、絶対にケガをしたり、次のフライトに遅刻をする恐れがあるようなイベントを入れてはダメよ？」

実際、ある外資系航空会社のクルーが全員でスキーに行き、大雪のために戻れなくなったことがあるそうだ。彼らはフライトに遅刻して、全員が解雇されたという。

「ちなみに荒木チーフは古い建物が嫌いだから、みんなで一緒にお城や洋館に行くことになっても、絶対に誘わないこと」

「古い建物？」

並んで出発ゲートへと歩きながら、夏目が聞き返す。

「感じるんですって、霊的なものを。だからヨーロッパ路線のステイでも、チーフは絶対に、いわくのありそうな建物へは行かないの」

「へえ」

夏目は平然としている。さすがはミスター自然体だ。たとえ、隣にリアルな落ち武者の霊が立っていても気づかないに違いない。怖い話はあまり得意じゃないが、平気な顔が鼻につき、ちょっと怖がらせてやりたくなる。

「古い建物から幽霊を連れて帰っちゃう人、結構いるらしいよ。代々の当主が発狂することで有名なお城に行ったCAが、バルコニーに出た瞬間、背中をトンッと押された気がして振り返ったけど、誰もいなくて……。ところがホテルに帰ってシャワー浴びながら鏡を見たら、背中に真っ赤な手の平の痕がついてた……」

そうなんですか、と感心したように肯く夏目。

「ね、怖くないの？」

「怖いですよ？」

そう言いながらも、ちっともビビっているように見えない。

――言わなきゃよかった。宇宙人に言ったって、この底冷えするような恐怖が理解できるわけがない。

こっちの背中が寒くなってしまった。鳥肌の立った自分の両腕を撫でながらムービングウォークへと足を進める。


例によって、まだ乗客もグランドホステスもいない搭乗ゲート。

「鳥居さんは、どうするんですか？　ロンドンでの二日間」

ベンチの間の通路を抜け、ブリッジへ向かいながら、またもや夏目が聞いてくる。

「私はいつも一人でロンドンの街を散策するの。骨董品屋さんとか雑貨店とか」

「いいですね！　俺も連れてってくださいよ」

そんな地味な散歩のどこに興味を持ったのか、夏目が食いついてくる。

「一人で、って言ったでしょ？」

ステイ先でのオフの日まで同僚と観光するなんて、考えたこともない。

「そうですか……」

私に断られたくらいで肩を落としている。

「男なんだから、好きなところ、行けるでしょ」

女性なら一人で行くのが危険な場所もあるが……。

「それはそうですが……。鳥居さん、穴場とか知ってそうだし」

「そりゃまあ、そうだけど」

だが、知り尽くしている大好きな町だからこそ、誰にも気を遣うことなく歩きたい。こんな子犬を連れて散歩するのは、正直かなり面倒くさい。

「その代わり、何かお土産、買って来てあげるわ」

「本当ですか？」

これくらいのことで瞳を輝かせている。時々、食えない言動はあるが、基本的には人懐っこい素直な男子だと思う。

「あ。でも、ビッグベンの置物とかペナントとかはやめてくださいよ？」

「は？　私がそんなセンスの悪いものを選ぶと思ってるの？」

聞き返すと、夏目はクスッと笑った。

「冗談ですよ。すぐ怒るんですね、鳥居さん」

奥歯がギリッと軋《きし》みそうだった。

――やっぱり、ステイ中、一緒に出掛けなくて正解だ。

「ほら、行くわよ」

清掃が終わったばかりの機内に入り、メニューと盛り付けの手順を確認する。

一品一品に使用する食材は全てカットされ、下味もつけられている。それぞれに必要なドレッシングやソース、トッピングも個別に密封されているので、あとはマニュアルの通りに調理して盛り付けをするだけなのだが、とにかくメニューの種類が多いのがファーストクラスだ。

フルコースから麺類やお茶漬けまで、たいていのリクエストには応えられる。それだけにファーストクラスの料理の準備は手間がかかる。

「夏目君。最初にお渡しするメニューに、ちゃんとワインリスト入ってる？」

「はい。最初にお出しするのは、このバインダーですよね？　ワインリストと御挨拶文と食事のメニュー、揃っています」

「あと、経済新聞と工業新聞、各紙揃っているかもチェックしておいてね」

「はい。確認します」

私は最初に出すアミューズ用の食器を確認し、座席の方の準備は夏目に任せた。


やがて、搭乗時間となり、ファーストクラス専用のブリッジから瀧川社長が颯爽と乗り込んで来た。シルバーグレーの髪の毛はきちんとセットされている。ダブルのスーツと磨かれた革靴はイタリア製だ。

「いらっしゃいませ」

夏目と二人で、Ｌ１の乗降口に並んでお辞儀をする。

「どうぞ、こちらへ」

と、座席へと案内する夏目の動きが固い。珍しく緊張しているように見えた。いつもは恐ろしいほど自然体の新人をも圧倒する、一流の男の風格。

――さすがだわ。

ゆったりとしたファーストクラスのキャビン。座席は窓際に沿って八つしかない。

それらは『コクーン・シート』と呼ばれるタイプで、座席全体が楕円形のパーテーションで囲まれ、その名の通り、乗客は『大きな繭』に包まれるようなスタイルだ。

もちろん、上からは丸見えなのだが、個室感覚でリラックスできる設計になっている。

離着陸の時はホーム・ポジションと呼ばれるソファに、そして、水平飛行の時にはリクライニングで好みの角度に倒せて、就寝時にはフラット・ポジションでベッドにもなる。

コクーン・シートの一つひとつには、足元に大きな専用スクリーンがあり、もちろん、DVDはオンデマンド方式。窓の下には冷蔵機能のあるミニバーまで完備されている。

「本日、こちらのクラスのお客様は瀧川様お一人ですので、もし、ご要望がありましたら、お座席の場所を変更することも可能でございます」

そう申し出たのだが、瀧川社長は最初に案内した席に腰を下ろした。

「いや。ここで構わないよ」

「ありがとうございます。本日、こちらのクラスを担当させて頂きます、鳥居と夏目です」

瀧川社長は深く顎を引くように肯いた。

「上着をお預かりしましょうか？」

そうこちらから尋ねる前に、社長は脱いだ上着を手慣れた様子で備え付けのクローゼットの中にかけた。所作の全てがダンディーだ。

「瀧川様」

瀧川社長が座席で寛《くつろ》いだのを見計らうように、荒木CPが挨拶に訪れた。

「本日も日本国際航空を御利用頂き、ありがとうございます」

「ああ、荒木さんか。よろしく頼みます」

それはとても親し気な砕けた口調だった。それでも、荒木CPは慇懃《いんぎん》な態度を崩さない。

「本日は、瀧川様のお好きな日本酒がございますので、ぜひ、お楽しみくださいませ」

荒木CPが挙げたのは、皇室御用達の酒蔵として知られている福井の名店の大吟醸だ。フルーティーな香りと、シルクのような舌触りの、上品で味わい深い日本酒らしいのだが、年に一度しか仕込みをせず入手困難でレアな清酒のため、メニューには載せていない。

「よく手に入りましたねえ。それは楽しみだ」

こうやって客室責任者と親しげに喋っているだけでも、ヘビーユーザーだとわかる。通常、CPとお客様のご挨拶なんて五秒で終わるものなのだから。

「夏目君。チーフの挨拶が終わったら、すぐにパジャマをお持ちして、御利用になるかどうか確認して、いらなかったら邪魔になるからすぐに下げてね。あと、さっき確認したメニュー表もお渡しして、ドリンクのリクエストを聞いてきてね。おつまみのアミューズも、メニュー以外に乾きものやナッツ類の用意もあるから、お好きなものをお聞きして」

「はい。いってきます」

夏目一人を行かせるのは不安だったが、ギャレーの準備もしなければならない。

マニュアル通り、ウエルカムドリンクと一緒に出す一品目、ピンチョスを用意する。フルーツと生ハムと野菜を重ね、銀のスティックで刺して、白い陶器に盛り付けながら、夏目が帰って来るのを待った。

が、送り出した新人がなかなか戻ってこない。グラスや陶器は離陸前に一旦、全て片づけなければならない。そろそろ機体が滑走路へ向かう時間だというのに。

一体、何をしてるんだろう、とギャレーからキャビンを覗いてみる。

が、ファーストクラスの座席はパーテーションで囲われているため、瀧川社長の横で話し込んでいる夏目の姿しか見えない。

やっとギャレーに戻って来た夏目に、

「リクエストは？」

と早口で聞くと、彼は平然と答えた。

「ラウンジで食事をしてきたので、しばらく飲み物も食事も、何もいらないそうです」

「はぁ？　じゃあ、あんなに長い時間、何を喋ってたの？」

「それは……まあ、色々……」

と、珍しく歯切れが悪く、なぜか照れたように後頭部に手をやる。

——その照れ笑いの意味がわからない。

搭乗してくる瀧川社長を見た時には多少なりとも緊張しているように見えた夏目が、もういつものゆるさに戻っている。

「いらないならいらないって、早く言いなさいよ。ムダになっちゃったじゃないの」

「あ。じゃあ、これ、食べてもいいですか？」

私が瀧川社長のために作ったピンチョスを夏目が指さす。それはウエルカムドリンクに添えるための、簡単に摘まめるアミューズだった。夏目がさっさと戻ってきて、何もいらない、と言わなかったから無駄になったアンティパスト。

「いいけど……」

夏目はすぐにそれを口に運び、本当に驚いたような顔をして、うまい、と言った。

「いや、マジでうまいッス。鳥居さん、男の胃袋、摑めますね！」

屈託のない笑顔にドキリとする。

「それ、イタリアンの有名シェフのレシピ通りに作ったものに、名店のオリジナルソースだから。私の料理の腕なんて関係ないし」

あっさり言い返しつつも、バカみたいに舞い上がりそうになる。

「へえ。そうなんですね」

言いながら、また一つ、フェンシングの剣の形をした銀の串をつまむ。食いしん坊の子供のように。その様子を呆れながら見ていたが、なぜか怒る気にならなかった。

やがて、シップは離陸し、十五分ほどで安定高度に達した。本来ならここから本格的なサービスが始まるのだが、事前に荒木CPから、アドバイスが入った。

「いい？　とにかく瀧川様の読書の邪魔をしないこと。あちらから何かリクエストされない限り、そっとしておくのよ」

こんなにすることのない乗務は初めてだ。だからこそ、新人を担当に組み込んだのだろう。とりあえず、コックピット用の飲み物を作ることにした。機長と副操縦士の注文を聞いてコーヒーとウーロン茶を一つずつ用意した。

「あ。それ、機長とコパイさんの飲み物ですか？　俺、持っていきます」

前回はコックピットへの立ち入りを拒否した夏目が、今回はずいぶんと腰が軽い。

今日の機長が杉浦キャプテンじゃないからなのだろうか……。

「ねえ、夏目君って、なんで杉浦機長が嫌いなの？」

「身勝手な男だからです」

冗談めかして聞いてみたのだが、夏目はハッキリと真顔で答えた。

「そ、そうなんだ。遠い親戚のオジサンなのに、よく知ってるんだね。でも、そこまで目の仇《かたき》にしなくても……」

「目の仇っていうほど相手にもしていませんけどね」

これまた大物発言だ。

「仕事は仕事なので、これからはちゃんとコックピットの用事もやります。たとえその日のキャプテンが杉浦機長でも」

それは、休みの二日間で割り切ったような言い方に聞こえた。

「そう……」

私がその話に踏み込めないでいる内に、ギャレーの横から瀧川社長がひょっこりと顔を出し、会話が途切れた。

――しまった……。

すっかり、瀧川社長への配慮を忘れていた。たとえ呼ばれなくても、そろそろ様子を見にいかなければならなかったのだ。

「申し訳ございません……」

すぐにお席の方へ参ります、と言いかけた時、社長は笑顔で、

「あ。いたいた」

と、夏目に向かって手招きをした。

「今、ちょうど本を一冊、読み終わったから、君と話でもしようかと思ってね。時間、あるかい？」

そう聞かれて、夏目がお伺いでも立てるかのように、私の顔を見る。慌てて私がうなずくと、夏目が破顔《はがん》した。

「はい！　喜んで！」

キャビンへ戻る瀧川社長の後を子犬のようについていく。

――意外だ……。

フライト中、CAから声をかけられることさえ、あまり好まないと聞いている瀧川社長が、わざわざ自分から夏目に声をかけにきたのだ。

――なんで？

不思議に思いながら、ギャレーからキャビンの様子を盗み見ると、二人はキャビン前方の広いスペースにブランケットを敷き、その上に向かい合って胡坐《あぐら》をかいている。

——まるでピクニックね。ま、いっか。

他に乗客が居ないので、人目もなく、サービスの邪魔にもならない。常連客の瀧川社長のことだから、その辺も承知の上でのことだろう。

万一、飛行中にシートベルト着用のサインがついたら、その時には座席に戻ってもらおう、と思いながら、二人を見守っていた。

二人は床に座ることでリラックスし、さらに打ち解けているように見える。

——それなら……。

また無駄になるかも知れないと思いつつも、念のために用意しておいた炊きたてのご飯でおにぎりを作ってみた。小さめの三角形に結んで、中には鮭や梅干し、キャビアなどギャレーに用意されている色々な食材を詰める。それを塗りの重箱に見栄えよく並べ、ほうじ茶と一緒にトレイの上にのせた。

「どうぞ」

二人が座っているブランケットの端に置くと、瀧川社長がにっこり笑った。

「お、これはいい。うまそうだ。食欲をそそられるね。ほら夏目君、君も頂きなさい」

「え？　いいんですか？」

嬉しそうにおにぎりを頬張った夏目が、指についた米粒まで舐めている。

「んまいっ！　もう一個、食べてもいいですか？」

私を見上げてくる顔がニコニコしている。あくまで瀧川社長に提供した食事なので、私が返事に困っていると、瀧川社長が、どんどん食べなさい、とすすめる。

「ほんとにうまいなあ、鳥居さんのおにぎり」

こんな風にストレートに『うまい』と言ってくれる男の人に、毎日御飯を作ってあげるのは苦にならないんだろうな、なんて考えて心がほっこりと温まる。

――いや、ないない。私がプライベートで夏目航に料理を作るなんてこと、絶対にないから。

ブルブルと首を振り、二人の会話を背中で聞きながら、瀧川社長のシートをフラットにしてベッドメイクを行った。

「え？　君もバークレー校にいたことあるの？」

「はい。交換留学で一年だけですけど」

自然と二人の会話が耳に届く。

「そうかあ。懐かしいな。今も構内のドミトリーは昔のまま？　食堂は？」

「はい。寮は古かったですよ。食堂のブッフェメニューは充実してましたけど。僕はクリスチャンじゃないんですが、日曜日は構内の教会へ行ったりしました」

「私もだよ。あそこのパイプオルガンがいい音でねえ」

夏目航にまさかの留学経験。しかも、バークレーと言えばカリフォルニアの名門大学だ。

——あー、でも、縦社会を理解できないところが帰国子女っぽいかも。

勝手に納得して、さらに聞き耳を立てながら、念入りにベッドを整える。

「でも、新薬の開発って、一種の賭けだって聞いたことあるんですけど、開発に踏み切る最後の決め手ってなんなんですか？」

「ここだけの話、最後は勘だな」

「本当ですか？　何百億も投資することもあるのに？」

「もちろん、その勘の中には経験や統計学的な要素も含まれてるがね」

学校の話でひとしきり盛り上がったあとは、まるでざっくばらんに取材をする経済誌の記者みたいになっている。けれど、心の底から瀧川社長とその話に興味を持っている様子がわかる。それが心地いいのか、瀧川社長は時折おにぎりをつまみながら、愉快そうに喋っていた。

——あんな大物と普通に会話できる心臓が羨ましいわ。

皮肉まじりの感想ではあったが、訳もなく微笑ましい気持ちになりながら、ギャレーに戻った。

——げっ！

荒木CPがファーストクラスのカーテンをくぐり、様子を見にきていた。

「瀧川様のご様子はどう？」

キャビンに目をやるその顔は少し不安げに見えた。ファーストクラスで、大得意客と新人ＣＡがピクニック状態だなんて前代未聞だ。もちろん、責任は教育係である私にある。

「すみません！　すぐに片付けます」

頭を下げると、荒木ＣＰはファーストクラスのキャビンに目をやったまま、「待って」と遮った。

「すっかり夏目君と打ち解けられた御様子ね」

そのＣＰの言葉が本心なのか嫌味なのかわからない。

「は……い。なぜか意気投合されて、ご覧の通り、ピクニック状態になってしまいました。申し訳ありません」

私がありのままを答えると、荒木ＣＰはなぜかホッとしたような顔になった。

「いいのよ。ご本人が楽しんでいらっしゃるのなら」

「はあ……」

普段は口を酸っぱくして、イレギュラーの接客はマニュアルが完璧に頭に入ってからにしなさい、と言う荒木ＣＰが……。

「瀧川様も、今は色々ご心痛がおありのようだから」

顔を曇らせたＣＰが、意味ありげな言葉をポツリと残して去っていった。

「いやあ、楽しかった。もっと喋りたいけど、明日の商談に差し障るからね」

私が瀧川社長のところへ行くと、夏目がピクニックの後始末をしていた。

「お休みの前は清酒でよろしいでしょうか？」

「じゃあ、荒木さんの言っていた福井の酒を、冷やでもらおうか」

「すぐに御用意いたします」

稀少な清酒を注いだガラス製の徳利《とっくり》は、真ん中の窪みに氷を入れて冷やせる構造になっている。その徳利と揃いの猪口《ちょこ》をトレーにのせ、甘海老の姿干しを添えた。

届けるのは、夏目に任せることにする。

「夏目君。お届けしてね」

「はい」

ナイトキャップを届けにいっただけのはずなのに、また長く話し込んでいたのか、やっと戻ってきた。

「ずいぶん、気が合うのね、瀧川社長と」

それは正直な感想だった。

「気が合うなんて、とんでもない。おこがましいです」

「え？」

珍しく謙虚な発言に驚く。彼は手にしていたトレーを片付けながら、憧憬のこもる目を上げた。

「瀧川社長ってすごい人なんですよ」

「前から社長のこと、知ってたの？」

「もちろんです。よく『プレジデントマガジン』とかに特集組まれてて、ずっと憧れていました」

それは私でも知っている有名な経済誌の名前だが、新卒の一般社員が読むような雑誌ではないと思っていた。

「なんのためにそんな雑誌、読んでるの？　話題作りのため？」

「いいえ。いい社長になるためです」

「は？」

夏目航のことを、一瞬でも謙虚だなんて思った自分が愚かだった。

「ヘンですか？」

「…………」

真顔で聞かれ、返す言葉がない。正直に、ヘンだ、と答えたら、話が長くなりそうだ。

「ヘンですか？」

黙っていると、もう一度、尋ねられた。冗談なのか本気なのか、今度は詰め寄るように。

「いいえ。もういいから、夢の続きはバンクで見てちょうだい」

暗に、その話をやめて乗員用の仮眠室で休憩するように命じた。

「じゃあ、お先です」

ギャレーに一人になって、大して片付ける必要もないキッチンを整理した。

静まり返ったファーストクラスのキャビン。

——チャンスだ。

私はいつもバッグに入れている足つぼシートをロッカーから持ち出して、ギャレーの床に敷き、こっそりとローファーを脱ぐ。

——あー、気持ちがいい。

首を回しながら、床に置いたシートの凸凹で足の裏をマッサージ。お客様が見たらCAに幻滅する図だろうが、長時間立ちっぱなしで歩き回った後のこれはやめられない。しばらく足裏の刺激をしてから、ギャレーを出て、まだ一か所だけぼんやりと明かりの灯るコンパートメントに目をやった。

足音を忍ばせて近づくと、瀧川社長は単行本を開いたまま眠っている。仕事にはおよそ関係のなさそうな外国のファンタジー小説だった。移動時間ぐらいは仕事を離れて空想の世界に浸りたいのだろうか。その手からそっと本を取って、ベッド脇のポケットに入れ、明かりを消す。

立ち去る時、ありがとう、という声が背中に投げられた。静かに明かりを消したつもりだったが、目が覚めてしまったのだろうか。余計なことをしてしまったかな、と反省したが、それでも、お礼を言ってくれた。荒木CPは今の瀧川社長には『色々心痛がある』と言ったが、それをおくびにも出さない。改めて器の大きさを感じた。

——こういう人が見つかるんならお見合いしてもいいんだけど。

少なくとも、母が選んだ手堅い職業の男性には食指がまだ動かない。

その後、一度も瀧川社長にコールされることはなく、二時間が過ぎた。

「鳥居さん。休憩、どうぞ」

バンクから戻って来た夏目と交代して、私も二時間ほどの休憩に入る。

――あー。狭い。

この機体のバンクは客席の上にあり、天井が非常に低く、圧迫感がある。まるでカプセルホテルのようなその場所は、空気も異常に乾燥している。いつも保湿のために濡れたタオルを持ち込むのだが、すぐに乾ききってしまうほどだ。

最初は寝苦しかったが、今では横になった途端、あっという間に眠ってしまう。

そして、決まって、セットした目覚まし時計が鳴る前に、必ず意識が覚醒する。この空間での仮眠時間を体が覚えこんでしまったように。

「もう二時間経っちゃったか……」

欠伸《あくび》をしながら、髪の毛とメイクを整えてキャビンに戻る。

すると、また夏目が瀧川社長と話し込んでいた。朝食の用意《リフレッシュメント》もせずに。

――ま、あれだけ懐かれたら、瀧川社長も夏目を可愛いと思うだろう。

表立ったお世話は夏目に任せ、私は裏方に徹することに決めた。

「瀧川様。おはようございます」

すぐに熱いタオルと朝食用の飲み物リストを持って、二人が喋っている瀧川社長の座席へ行った。

ファーストクラスの朝食は和食と洋食の両方を用意してある。和食は一流料亭で出されるものと遜色のない懐石風のコース。洋食は五つ星ホテルのメインダイニングの料理長監修によるコンチネンタル・ブレックファストだ。それ以外にも、パンケーキやカレー、シリアル、お茶漬けなど、どんなリクエストにでも応えられる。それらを温めたり、冷やしたりして調理し、お手本の写真通りに盛り付けるまでを短時間で仕上げる工夫もされているのだ。

「ご朝食の準備をさせて頂いてよろしいですか？」

「ああ。昨日みたいにブランケットを敷いて、一緒に食べないか？」

瀧川社長が子供のように無邪気な顔をして笑う。

「ではそのように御準備いたします」

荒木ＣＰの許可も出ているので、悩むことなく返事をした。

「鳥居さん、俺も手伝います」

夏目がギャレーに戻る私を追いかけてきた。

「昨日のおにぎりって、まだ作れるんですか？　あのおにぎり、塩加減といい、柔らかさといい、最高でした」

たかだかおにぎりだが、褒められて悪い気はしない。

「そうね。まだご飯も残ってるわ。こっちは私がやるから、夏目君は瀧川社長のお相手しといて」

はい、と元気な返事をして夏目はキャビンに戻った。

和洋折衷。ありったけの食材をサンドイッチにしたり、おにぎりにしたりして、また重箱に詰めた。今度は完全に花見弁当になった。

「これはまた、うまそうだ。よかったら鳥居さんも一緒にどうだい？」

瀧川社長の笑顔と誘いもうれしい。が、私は自分の仕事場でＶＩＰと一緒にピクニックができるような心臓を持ち合わせていない。

「いえ。わたくしは……」

「いいじゃないですか、鳥居さんも」

心から遠慮したのだが、ついにピクニックに引っ張り込まれてしまった。

夏目はおにぎりを口に運びながら、昨日に続き、瀧川社長の経営方針や企業理念について、これでもかというぐらいリサーチしている。夏目が真剣だからこそ、瀧川社長も喋り甲斐があるのだろう。

そんな夏目の態度を見ていて、本気で社長になる気なんだな、と呆れたが、瀧川社長が夏目と喋って満足したならそれでいい。

重箱の中がすっかり空になった頃、ポーンポーンポーン、とチャイムが鳴って、シートベルト着用のサインが点灯した。

ファーストクラスではＰＡ、いわゆる機内アナウンスを行わない。八席しかないので、一人ひとりに口頭で伝えてもすぐに終わるからだ。

「間もなく着陸態勢に入りますので、お席の方へお戻りください」

と、瀧川社長に促すと、彼は床から立ち上がってから、夏目に右手を差し出した。

「本当に楽しかった。名残《なごり》惜しいよ」

「こちらこそ、ありがとうございました。勉強になりました」

そう言って夏目も瀧川社長の右手を握る。


この日は空港上空が混雑し、着陸の順番待ちとなり、シップは二十分遅れでヒースロー空港に到着した。

「お疲れ様でした」

お見送りの時、瀧川社長が私に、

「おにぎり、本当に美味しかったですよ」

というお礼の言葉と一緒に大きな紙袋をくれた。

「今回は夏目君とお喋りしすぎて、これだけしか読めなかったよ。少ないけど、二人で分けてください」

瀧川社長の『本の置き土産』はＣＡの間でも有名だ。

ファーストクラスの乗客に、機内で仕事をする人は少ない。彼らの多くは移動の時間を読書に充てる。それもビジネス書や実用書を読んでいる乗客は少なく、不思議と歴史小説や純文学が多いという。自分が置かれている現実とは全く違う物語の世界を浮遊し、楽しむかのように、ゆったりと読書をして過ごすのだ。

　なかでも、瀧川社長の読書量は半端ない、と社内でも有名だ。国内移動やラウンジで過ごした時にも読んでいたのか、私が受け取った紙袋にも、単行本が五冊は入っていそうな重量を感じる。

「ありがとうございました」

　その紙袋と一流の空気を残し、瀧川社長はシップを降りていった。

　この名残惜しいような感覚が、香り立つ品格、と称されるものなのだろう。

「あげるわ、全部」

　私は社長の姿が見えなくなってから、夏目に紙袋を渡した。

「え？　いいんですかっ？」

　夏目が色めき立つ。

「どうぞ。私、あんまり読書とか、しないから」

「ありがとうございます。よかった、鳥居さんが知識欲旺盛な人じゃなくて」

　――はい？

　頭が悪い人間だと言われたような気がした。

「まあ、しっかり読んで、瀧川社長みたいな、いい社長さんになってね」

「はい！　鳥居さんの分まで立派な人間になりますから」

私の嫌味は全く通じることなく、夏目がホテルまで待ちきれない様子で袋の中の一冊を引っ張り出し、ページをめくりはじめる。

——もう、何も言うまい……。

年下の宇宙人とは、永久に意思の疎通《そつう》が出来そうにない。

ロンドンでのオフ

東京を十一時十五分に出発して、十二時間以上飛んだのに、ヒースローに着いたのは当日の午後三時二十分。結構、時差がきついフライトだ。

ヒースロー空港からロンドン市内のホテルまではクルー・バスでの移動となる。

「みんな疲れてるから、チェックイン、急いで」

ステイホテルのカウンターで乗務員全員のチェックインをするのも新人の仕事だ。

「あっ、私たちも宿泊カード書くの手伝いまーす！」

二年目のCA二人が駆け寄ってきて、手分けをして記入してくれた。

――こんなに気の利く後輩だったっけ？

と、訝《いぶか》りながらも、チェックインまでの時間を短縮できてホッとする。

「では、解散します」

定刻より到着が遅れた影響と、今回の機長の大雑把《おおざっぱ》な人柄のおかげで、フライト後のデブリは成田に戻ってまとめてやることになった。

それでも、部屋に入れたのは現地時間の午後四時半過ぎだった。

カーテンから漏れてくる光が弱い。

「あー、疲れた……」

ようやく一人になってパンプスを脱ぎ、きっちりとまとめた髪の毛を下ろす。そして、ベッドメーキングされているシーツの上に大の字になって倒れ込む。

——ああ。この開放感。最高……。

このまま眠ってしまいたいところだが、そうすると時差ボケ地獄に陥ってしまう。無理にでも起きておかなければならない時間帯だ。

「さて」

身を起こし、スーツケースの中の衣類をクローゼットにかけ、コスメやその他の小物をテーブルやバスルームにテキパキと並べる。

「これでよし」

荷物の整理が終わったら、手早く化粧直しをして、チュニックとパンツに着替える。これからが、私だけの『オフ』の始まりだ。

誰かが部屋を訪ねてくる前にと、急いでステイ先のホテルを出た。

宿泊するホテルの玄関を出た瞬間、深く息を吸う。その国の気温や湿度や匂いが一気に体の中に入ってくる。人も文化もノーブルな街、ロンドンの空気は、少し重く湿っていて、でもそこが気に入っている。

空港を出た時にも、外国の空気は感じられるのだが、不思議と制服を着ている時よりも私服の時の方が、自分は外国にいるのだと実感できる。

部屋で履き替えたイタリアンメイドのスニーカーはソールが厚く、どんなに歩き回っても疲れない。

――半年ぶりのロンドン。やっぱり最高だわ。

古い町並みを眺めながら、石畳の舗道をぶらぶら歩く。先輩の観光に付き合わされることも、後輩の面倒を見ることもない。私だけの時間だ。

ぽつり、と頬に冷たいものが落ちた。いつの間にか、薄い雲が空を覆っている。

これまでに、プライベートを合わせると二十回以上、ロンドン市内にステイした。が、ピカピカに晴れていた日は数えるほどしかない。たいてい、雨か霧の記憶ばかり。けれど、この鉛色の空や、肌に感じる湿気が嫌いではない。

ロンドン名物の赤い二階建てバスが走るメインストリートから、狭い路地に入る。

そこには表通りと趣を異にする煉瓦《レンガ》を積み上げた建物、茶褐色の壁に真っ白な窓枠が映える古い町並みが続いている。日本では見慣れない景色にワクワクするような昂揚感と、知らない町にいるという微かな心細さを覚える。この感覚が好きだ。

その路地裏にあるレンガ造りのティールームへ入った。

静かにドアを押すと、扉の上のカウベルが、素っ気ない音でカランと鳴る。

間口の狭さに比べ、奥行きのある店内。そこは老舗の紅茶専門店で、ロンドンに来た時には必ず立ち寄る、お気に入りの店だ。広々としたフロアはアンティーク調で、外の天気や時間帯にかかわらず、いつも明かりを絞っている。そんな落ち着いた店内に立ち込める、肌にも染み入るような茶葉の匂い。

ウェイターに案内されたのは、いつも座る窓際のテーブル。腰を下ろして、アッサムを注文した。今日は窓辺のベネチアングラスに一輪、赤いガーベラが活けてある。

「Here you are.」

テーブルに置かれたカップにミルクを入れ、そこへ紅茶を注ぎ、香りごと口に運ぶ。

なにものにも代えがたい贅沢な時間だ。

「ほら、あれ、私たちが乗ったJIAのCAさんじゃない？　私服も素敵ねえ」

少し離れたテーブルから囁く声が聞こえる。

――やっぱり辞められないわあ。意外にも荒木CPに評価されちゃってるし。

ご満悦で、自分だけの時間を楽しんでいた時、窓の向こうを走る人影が目に入った。

――げ。夏目航……。

夏とはいえ、日本より緯度が高いロンドンは肌寒い。夏目も薄手のセーターに黒いジーンズ姿で雰囲気は違うが、紛れもなく夏目航だ。

この静かな時間を邪魔されたくない。そう思って顔をそむけたのだが、夏目は私の姿を目ざとく見つけたらしく、こっちへ走ってくる足音が窓越しに聞こえる。

もっとホテルから遠いカフェにすれば良かった、と後悔するが、時すでに遅し。

ハアハアと息を切らしながら店内に入ってきた夏目が、

「鳥居さん。探しましたよ。松下さんがたぶん、この辺りのカフェだろうって言うから」

と、私の大切な窓際の静謐《せいひつ》を掻き乱す。

――百合め。

同僚の口の軽さを恨むが仕方ない。

「就業時間外なんだけど、どうかした？」

皮肉を込めて聞いてみるが多分、夏目には通じないこともわかっている。案の定、勝手に向かいの椅子に座った夏目が不躾《ぶしつけ》に、切り出してくる。

「俺、大変なものを見つけてしまいました！」

やれやれ、と溜め息をついたが、さすがに気になって、テーブルに乗り出してしまった。

「大変なものって何？」

夏目はその隙に、ちゃっかりウェイターを呼び、

「Darjeeling, please.」

なんて、勝手に紅茶を注文している。

「写真なんですけどね」

もったいをつけるように言葉を切った夏目は、紅茶が来るのを待てないように、私の飲みかけのグラスの水を飲み干した。

「あ。それ、私の……」

と、口を挟む隙も与えず、彼は続ける。

「今日、瀧川社長からもらった単行本に挟まってたんです。パウチっていうのかな、透明なプラスチックでラミネートされてて。多分、栞《しおり》代わりに使ってるんだと思うんですけど」

「じゃあ、きっと大切な写真なのよ」

「ですよね」

「返せばいいじゃない。瀧川社長の帰り便、明後日でしょ？　私たちも明後日の成田便の乗務なんだから」

残念なことに帰国便はエコノミークラスの担当だが、写真を返すぐらいのことはできるだろう。

「それが……」

なぜか夏目がもじもじしはじめる。

――まさか恥ずかしい写真なの？

いや、あの紳士に限ってそんなことはないだろう。だが、人は見かけによらなかったりする……。

「女性の写真なんですけどね」

「えっ……」

夏目が頬を赤らめ、あんまりもじもじするので、よからぬ想像をしてしまう。

「めちゃくちゃ綺麗な人なんです。清純な中にちょっと色気もあるっていうか」

「そうなの？」

話がますますよからぬ展開になってきた。

「多分、二十代半ばだと思うんですけど……。清楚で可愛くて、あんな綺麗な人、女優さんでもなかなかいないと思うんですよね」

「その人、服は着てるんでしょうね？」

そう尋ねると、夏目はポカンとした顔になった。そして、真っ赤になりながら、

「あ、当たり前じゃないですか！　何、言ってるんですか、鳥居さん。普通にスーツですよ」

夏目は焦ったように言い返す。

「は？　じゃあ、それの何が大変なのよ」

「だって、瀧川社長って奥さんがいる人ですよ？　それが若い女性の写真を単行本の栞に使ってるなんて、大問題じゃないですか。返すにしても、人に見られないように、さりげなく返さなきゃダメでしょ？」

もし、それが若い愛人の写真なのなら、それはそうかも知れないが……。

「それに、もしかしたら、瀧川社長の彼女、ＣＡかグラホかも知れません」

「どうしてわかるの？」

「制服は着てないんですけど、写真の後ろが滑走路で、飛行機が映ってるんです。なんか、羽田っぽい感じで」

空港で写真を撮るのは航空会社の社員より、観光客の方が多いだろう。それなのに、夏

目は、

「CAかなぁ。いや、グラホかも……。とにかく、ほんとに綺麗な人なんです」

と、頬を上気させている。

なぜか、夏目がその女性を褒めるのを聞くとムカムカした。私の大切な時間を邪魔しておいて、なんでそんなデレデレした顔を見せられなくてはならないのか、と。

「鳥居さん、写真、見ます？」

「見たくないわ。そんなの、プライバシーの侵害でしょ？」

ビシッと言ってやった。

「っていうか、それ、瀧川社長のお嬢さんなんじゃないの？」

私の推測を伝えると、夏目は雷にでも打たれたような顔をした。

「え？　娘さん？」

「だって、その写真の人、二十代半ばなんでしょ？　お嬢さんだって考えるのが普通じゃない？」

すると、夏目の顔がパッと輝いた。

「そっかあ。瀧川社長のお嬢さんかあ！」

そっか、そっか、とやけに嬉しげだ。夏目と同じ年頃の美人を想像し、なぜだか、言わなきゃよかった、と思っていた。

写真の女性を思い出すかのようにうっとりとしている夏目の顔を見るのが、訳もなく腹立たしい。

「じゃあ、あの写真を撮ったのは瀧川社長じゃないんですね、きっと」

「は？　どうしてそんなことが、わかるわけ？」

「写真の女性、きっと、カメラを構えてる相手に恋をしてると思うんですよね」

夏目が決めつけるように言う。

「写真だけでそんなことわからないでしょ、普通」

「だって、目がうっとりしてるっていうか……マジ、可愛いんです。写真、見ます？」

もう付き合っていられない。

「見ません。じゃ、私、先に帰るから。そこで勝手に妄想してなさい。二度と、つまんない話で私の大事なオフを邪魔しないで」

わけもなくイライラしていた。自分の紅茶代をテーブルに置いて席を立ちながら、どうして自分がこんなにカリカリしているのかわからないが、苛立ちを止められなかった。

私の剣幕に驚いているのか、ぼんやりしている夏目を放置して、店を出た。

外はすっかり薄暗くなっている。

「鳥居さーん！　待ってくださいよー！」

後ろの方でカラン、と店のドアチャイムが鳴る音と、子犬のように後を追ってくる夏目の声。それを聞くと、もはや口許が緩んでしまった。

「もう暗いし、一緒に帰りましょう」

私に追いついた夏目が、滑り込むようにして車道側へ体を入れて来た。その男っぽい態度にドキッと心臓が跳ねた。

「ロンドンって、ロマンチックな街ですね」

「でしょう?　私の中でベスト5に入る都市よ」

「こんなところを、こうやって歩いてると……なんだか、鳥居さんと手をつないだりしたくなります」

え?と夏目の顔を見ると、彼はからかうような顔をして、なーんて、と笑った。

冗談だとわかっているのに、自分でも驚くぐらい胸が高鳴っていた。

ロンドン－成田－羽田

夏目の、秘密

その翌日は午前中、街を歩き、午後はホテルのプールで泳いだり、ジムで汗を流したりして過ごした。が、やはり二日間では時差ボケが治り切ることはない。

結局、だるい体をひきずるようにして次の乗務につく羽目になる。

「紗世ー」

ホテルから空港へ向かうクルー・バスでウトウトしていた時、百合が隣の席に座ってきた。

「ああ、おはよ。百合、元気そうね。よく眠くならないね」

「眠いけど精神力で克服」

「そんなにガッツがあるタイプだったっけ？」

切り返すと、百合はうふふと笑って、

「それより知ってた？」

と、訳知り顔で切り出す。

「夏目君、昨日はジュニアの二人に誘われてナショナル・ギャラリーへ行ったらしいよ？」

「へえ……」

無関心を装いながらも、なんとなくショックを受けている自分がいた。

「女の子たちから誘ったみたいだけどね」

「ふうん」

ナショナル・ギャラリーは観光客なら必ず行くであろう、トラファルガー広場に面する西洋絵画中心の美術館だ。

そして、一緒に行ったというジュニアは多分、ホテルでのチェックインを手伝ってくれた二人だろう。そういえば、成田のブリーフィングの後も夏目と喋っていたっけ。

「そうなんだ。どおりで昨日は静かだったわけね」

あの人懐っこい性格だ。単純に二人から誘われたから行ったのだろう。それがわかっているのに、その軽さに失望している自分が不思議だった。

昨日、私は一人で散策した街角で、夏目のために土産物を物色していた。久しぶりに異性のために選ぶスーベニールだったせいか、訳もなくウキウキして、ああでもない、これも違う、なんて時間を割いた自分がなんだかバカみたいに思える。

「オフの時間は好きにすればいいんじゃない？　ジュニアの二人とは年も近いし、話も合うだろうしね」

なるべく、夏目のプライベートに興味がないふりをして答えた。

「でも、見え見えだよねー」

百合の発言にドキリとした。もやもやしている自分の内心を見透かされたような気がしたのだ。

「な、なにが？」

できるだけ落ち着いて聞き返したつもりだったが、百合は驚いたような顔になった。

「なにがって、もしかして、紗世、まだ聞いてないの？」

「だから、何を？」

「夏目君って、サラブレッドだったんだよ？」

「は？　サラブレッド？」

「紗世。彼のバックグラウンドを知らないなんて、教育係として失格だよ？」

責めるような言い方だが、顔が笑っている。

「なんて、実は私も昨日、先輩から聞いたばっかりなんだけど。この前、杉浦元顧問が会社に来て、『うちの孫をよろしく』って言ったんだって」

「は？　孫？」

杉浦元顧問は日本国際航空の役員で、二十年も前に退職しているが、今でもその発言が会社に影響力を持つと言われている。

「その孫が夏目君ってことなの？」

「らしいよ」

さすがに驚いた。

「っていうか、杉浦機長って、元顧問の息子じゃなかった？」

「そ。つまり、夏目君は、別れた奥さんと杉浦機長の間の子供。杉浦機長も、このまま行けば最低でも部長までは行くだろうから、総合職で入ってきた彼は、将来有望なわけ。

ひょっとしたら、役員ぐらい、いっちゃうんじゃない？」

「ええっ！　ってことは、夏目君の父親って杉浦機長⁉」

「だから、そうだってばー」

あまりに驚きに、開いた口が塞がらない。

——あいつ、なにが親戚のオジサン、よ。

「……役員どころか、本人は社長になる、って言ってたけどね。まさかこの会社の社長のことだとは思わなかったわ」

「わお。それはまたビッグな夢だね。またファンが増えるわ、きっと」

百合の言い方は冗談とも本気ともつかない。

「今、若手の女子社員はこの話題で持ち切りらしいよ？　ま、社内の情勢に疎い紗世は知らないかも、とは思ってたけど」

「そ、そうなのかあ……。言われてみれば、杉浦機長と夏目君って、どことなく似てる気もする」

百合が言うように、社内の噂に、あまりにも疎かった自分自身に失望する。

「夏目君、両親が離婚した後は、母親の方に引き取られて、杉浦機長とはずっと会ってなかったらしいけどね」

——彼も母子家庭で育ったんだ……。

ふうん、と肯きながら、前の方の席で若いＣＡたちと楽しそうに笑っている夏目を見た。

「まあ、夏目航の生い立ちなんて、私には関係ないわ。教えるべきことを教えるだけよ」

自分自身に言い聞かせるような思いで呟いていた。


それでも、百合の話は私の頭の中にしっかり残ってしまった。

――母親に引き取られて、父親とはずっと会っていなかった。

自分と同じ境遇で育った彼の心情を、なんとなく想像してしまう。それをおくびにも出さない純粋な瞳が逆に切なく思えはじめた。

空港に着いて、シップに向かう途中も、つい、夏目の姿を目で追っている。

帰国便の搭乗口に立っている時も、知らず知らず向かいで笑顔を浮かべている彼を観察していた。

やっと夏目の中にある杉浦機長への敵意の理由がわかったような気がした。と、同時に別の疑問が生まれる。

――それならなぜ、この会社に入ったのだろう。反感を持っている父親のいる会社に。

不思議に思いながら夏目の顔を見ていた時、目の前を巨大な茶色い物体が通り過ぎた。

「え？」

思わず目で追うと、実物のレトリバーぐらいの大きさがありそうな縫いぐるみを抱いた女性が乗り込んできて、エコノミー席の通路側に陣取っている。縫いぐるみが大きすぎて顔は見えないが、仕立てのいい、上品なブランドもののスーツを着ている。

百合が笑いを堪えるように、

「うわ。久しぶりにエキセントリックなお客様。あの席、紗世の担当だね」

と、縫いぐるみを抱えた女性が、私の担当するコンパートメントの客だと揶揄《やゆ》する。

それでなくても忙しい国際線のエコノミーだ。対応が難しいお客様が一人いるだけでも時間のロスが考えられる。

私は静かに女性客の方へ歩み寄った。

「お客様。シートベルト着用の際には、縫いぐるみをお預かりさせてくださいね。こちらで保管いたしますので」

近くで見ると、それはレトリバーではなく、柴犬の縫いぐるみだということがわかった。

「縫いぐるみ？」

敵意のこもる声で聞き返しながら、茶色い物体の横から顔を出した女性は四十代半ばだ。色白の、ハッとするほど美しい顔立ちをした女性だった。

「私、縫いぐるみなんて持ってないけど？」

そう言った時の嫌悪感を露《あら》わにした表情と返事にヤバい、と思った。意思の疎通が難しいお客様なのだ、とわかった瞬間だ。

「あ！　可愛いワンちゃんですね。名前、なんて言うんですか？」

突然、横から夏目航が話に割り込んできた。すると、女性は人が変わったように優雅な笑みを浮かべ、

「サクラって言うの。家族なの」

と、少女のような口調で言う。

「そうでしたか。けど、サクラちゃんを抱っこしたままシートベルトをされると、奥様もサクラちゃんも苦しいと思うんです」

そう言いながら、夏目は生きている犬にするように、縫いぐるみの頭を撫でた。

「私、奥様じゃないわ」

今度は夏目の『奥様』という言葉に反応し、一度は和みかけた空気が、再び凍りつく。

それでも夏目は臆することなく会話を続けた。

「では、なんとお呼びしましょうか？」

「雪乃《ゆきの》でいいわ」

「では、雪乃さん。サクラちゃんを僕に預けてもらえませんか？」

雪乃と名乗る女性は夏目の顔をじっと見た。信用できる人間かどうか、値踏みするような目だ。

「いいわよ」

意外なほどアッサリと雪乃さんは夏目に縫いぐるみを渡した。が、それだけでは済まないのがエキセントリックなお客様だ。

「サクラは後ろ向きのおんぶが好きだから。よろしくね」

一緒に抱っこヒモを差し出す。

「え？」

預かって、クローゼットに入れておこうと思っていたのだろう。縫いぐるみのおんぶを強要され、さすがに顔を引きつらせている夏目。それを後目に、雪乃さんはおっとりと立ち上がった。

「いい？　こうやって使うのよ？」

さっきまでの緩慢な態度が嘘のように、素早く夏目の背中に縫いぐるみを縛りつけた。

最近、赤ちゃんを後ろ向きにおんぶしている若い母親を見かけるが、犬のおんぶ自体、私は初めて見た。長身の男性乗務員の背中に巨大な犬の縫いぐるみ。

「…………」

眩暈《めまい》がした。

――この格好で乗務するのかと……。いや、自分で蒔《ま》いた種だ。

「たとえ、その格好でも、サービスはやってもらうわよ」

私が宣言すると、夏目は「はい」と項垂れた。

離陸後、夏目は乗客の失笑と好奇の視線に晒《さら》され、時には子供たちにからかわれながら、おしぼりのサービスをはじめた。

「鳥居さん。夏目君はどう？　慣れてきた？」

様子を見に来た荒木ＣＰに、私はなんと答えていいかわからなかった。

「あ、あの……」

私が言い澱《よど》んでいる隙に、エコノミーのミドル・コンパートメントを覗いたCPは、外国の低コスト航空会社、いわゆるLCC《エルシーシー》が子供向けのキャンペーンでもやっているような夏目の姿を見て、何かを言いかけた。が、その言葉を飲み込むように黙って去っていった。

いくら元顧問の孫だからって、甘すぎる。私は納得がいかないまま、顔だけは笑顔をキープして、スナックと飲み物を配って回った。

「そのまま最後まで乗務するつもりなの？」

ギャレーに戻って来た夏目に尋ねると、彼は少し悲しそうな顔になった。さすがの彼でも縫いぐるみを背負ったままサービスすることは憂鬱だろう……。ところが、

「さっきは黙ってましたけど……。あの人なんです……」

夏目がポツリと呟くように言う。

「あの人って？」

「瀧川社長の単行本に挟まっていた写真の人。あの人の若い頃の写真だと思います」

「嘘……」

一瞬、夏目の言っている意味がわからないほどの衝撃だった。どうしても、あの瀧川社長と、縫いぐるみを抱えた女性の接点が思いつかない。

夏目は乗客名簿を手に取って、やっぱり、と呟きながらあの女性の座席番号を指さした。

「瀧川……雪乃さん……」

予想もしなかった二人の関係に絶句してしまった。

「奥さんですよね、瀧川社長の。それなら、瀧川社長の本に写真が挟まっていたとしても不思議はない」

夏目が推測する。

「でも、同じ便でファーストクラスに乗っている瀧川社長の奥様が、一人でエコノミーに乗ってるなんて、不自然だわ」

かと言って、瀧川社長が無関係の女性の写真を大事にパウチしているのもヘンだ。

私が真相を図りかねている時、夏目がスマホを使って瀧川社長に関する画像を検索しはじめた。最近は機内Wi-fiが使えるようになったので、こんな時、便利だ。

「ビンゴです」

意外にも出るわ出るわ、財界関係のパーティーで夫婦同伴は珍しくないのだろう、二人が並んで笑顔を浮かべている写真がたくさん出て来た。

「でも、雪乃さんは自分は『奥様』ではないと言い切ってたけど……」

写真を見ても、まだ半信半疑だった。

「何か事情があるんでしょうね」

夏目の声が沈む。

荒木CPが言っていた『瀧川様も、今は色々ご心痛がおありのようだから』というのは、夫婦間のことなのかも知れない、と思い当った。

けれど、ぼやっと一人の御客様のことだけを考えている暇はない。あちこちでコールの音が鳴りはじめる。

「この話はミールサービスが終わってからにしましょう」

夏目も深刻そうな顔で肯いた。

カートを押して肉料理か魚料理かの注文を聞き、追加の飲み物を配りながら、チラチラと瀧川雪乃の方に目をやる。

こうやって、縫いぐるみを持たずに黙って座っていれば、外見的には社長夫人の肩書にふさわしい清楚な美人だと思う。だが、縫いぐるみを『家族だ』と主張し、『自分は奥様ではない』と言い張った時の真剣な顔を思い出すと、やはり心が壊れているのかも知れない、と思わされる。

ミールの時間が終わり、機内が暗くなって映画の上映が始まった。

「鳥居さん。瀧川社長に写真を返しにいくので、ついてきてもらえませんか?」

「仕方ないわね」

そう言いながらも、実は仕事中ずっと、写真の真相が気になって仕方なかった。だんだん夏目のペースにはまっていくようで怖い気もしているのだが……。

その日、ファーストクラスのコンパートメントには荒木ＣＰと百合がいた。往路と異なり、今日はコクーン型の座席がちらほら埋まっている。

「チーフ。瀧川様から頂いた本に挟まっていた写真をお返ししたいんですが」

夏目が説明すると、荒木ＣＰは寛大な笑みを浮かべて、「いいわよ。まだ、起きてらっしゃるから」と答える。

「そのワンちゃん、預かっておくからいってらっしゃい」

チーフの申し出に、なぜか夏目は首を振った。

「いいえ。このまま行かせてください」

「……わかったわ」

――えーっ？

それはいくらなんでも失礼だと、心の中で声を上げたが、ＣＰがいいと言うのだから仕方ない。

私は犬の縫いぐるみを背負った夏目と一緒に、瀧川社長の席へ行った。やっぱりこなきゃよかった、と後悔しながら。

夏目が座席の横に膝をついて、「瀧川様」と声をかけた。

「ああ、君か」

開いていた本から嬉しそうに目を上げた瀧川社長が、急に表情を曇らせた。間違いなく、犬の縫いぐるみを見たせいだ。

「それは雪乃の……」

「はい。サクラちゃんです」

夏目が答えると、瀧川社長は大きな溜め息を一つ漏らした。

「すまない。私が雪乃をケアしきれないばっかりに、君たちにまで迷惑をかけてしまったようだ」

「いえ。僕のことはいいんです。それより事情を教えて頂けませんか？」

――嘘。それ、聞いちゃうわけ？

いきなり直球でお客様のプライバシーに踏み込んだ夏目の袖口を引っ張って、やめるようたしなめた。が、瀧川社長は苦笑いをする。

「出会った頃、彼女は製薬会社の令嬢で、私はまだアメリカの大学院に在籍する研究員だった……」

――嘘。事情、語っちゃうわけ？

驚くほどあっさりと、瀧川社長は昔話をはじめてしまった。

「久しぶりの一時帰国だった。バイトした金でロスから成田へのエコノミーチケットを買った。それがたまたまランクアップになって、ビジネスクラスに乗ることができて……。その時、隣の席に座っていたのが、雪乃だ。一目惚れだった。なんとか連絡先を教えてもらって……」

その日から、アメリカに帰るまでの間、毎日のように電話をかけ、猛アタックをしたのだ、と瀧川社長が笑った。

「アメリカに帰る前日。飛行機を見にいこうと言って、彼女を羽田に誘った。そこでこの写真を撮らせてもらったんだ。だが、当時、彼女には婚約者もいて……。それでも私は彼女のことを諦められなくて」

双方の親の反対を押し切って、結婚し、瀧川社長は婿養子になったのだという。

夏目のプライバシー侵害を諌《いさ》めることも忘れ、へえ、と聞き入ってしまっていた。

「反対を押し切って瀧川家に入ったのだから、実績を残さなくては、と必死だった。まあ、もともと化学を専攻していたから、仕事は順調だったよ。けど、なかなか子供ができなくてね。雪乃はそれを気にしていた。私に申し訳ないって」

同じ女性として、それは胸が痛む話だ。

「彼女は辛い不妊治療を繰り返して、心も体もボロボロになって……」

ふと見上げると、思った通り、夏目の目が今にも泣き出しそうにウルウルしている。

「治療をはじめて十年経った時、もう止めるように言って、柴犬をプレゼントした。それがサクラだ」

そこまで一気に喋った瀧川社長が、ふと、寂しそうな顔になった。

「雪乃はサクラを我が子のように可愛がった。忙しい私の替わりに、サクラは雪乃の心を支え、彼女の寂しさを埋めてくれていたのかも知れない。ところが去年、十年間一度も病気をしたことのなかったサクラが急に亡くなってね……」

夏目が何度も目をこすっているのがわかったが、もう見るのはやめた。

「雪乃が『サクラの病気に気づいてあげられなかった』と言って、あんまり落ち込んでるから、不用意に『替わりの犬を見にいこう』と言ってしまった。それが不和のきっかけだよ。サクラの替わりなんかいない。娘の替わりなんかいる訳ない、って。雪乃が初めて私に怒鳴った。泣きながらね」

それ以来、雪乃さんは縫いぐるみをサクラと呼び、瀧川社長の妻であることを拒否し続けているのだという。

「もう、私には、雪乃が当てつけにやっているのか、本当におかしくなっているのか、わからないんだ」

俯いている夏目がさらに頭を下げた。

「すみませんでした。立ち入ったことをお聞きして」

とは思ったが、私も頭を下げ、瀧川社長の席を離れた。

——今さら？

——写真を返していない……。

それはわかっていたが、とても『何しに行ったのよ！』と言い出せる雰囲気ではない。

「失礼しました」

荒木CPにも頭を下げ、私たちはエコノミークラスへ戻った。

「先にバンク、行ってきていいわよ」

目を真っ赤にしている夏目に、先に休憩室を譲った。

「すみません。俺、女の人が辛い目に遭う話、ダメなんです。聞いてるだけで涙腺やられちゃって……」

力なくそう言ってトボトボとギャレーを出た夏目が、なぜかバンクの方へは行かず、雪乃さんの席の横にしゃがみこんで、何か深刻な顔で話し込んでいる。

――なにしてるのよ。

さっき瀧川社長に「立ち入ったことを聞いて、すみません」と謝罪したばかりなのに。アイスクリームを配るついでに、二人の様子を観察した。ひとしきり話をした後、雪乃さんは、「ありがとう」と囁くように言って、夏目が背負っている縫いぐるみの頭を愛おしそうに撫でた。

夏目もギャレーを出た時よりも幾分明るい表情になって彼女の席を離れ、バンクの方へと歩いて行く。

――なに？　このなにかが解決されたような空気……。

不思議に思いながら、ギャレーに戻った。

映画の上映も終わり、客室は就寝モードになる。その頃にはもうふくらはぎがパンパンだ。今日は他のCAもいるので、足つぼシートは出せない。替わりに、ストッキングの上から肌色の冷感湿布を貼る。照明を落としているのでバレにくいのだ。

片付けをしながら、帰国したら、リフレクソロジーの予約をしなきゃと、オフのプランを練りはじめる。

夏目が休憩から戻るのを待ちながら、私は遅い夕食を摂った。

国際線では基本的にＣＡは自分が受け持つクラスでサービスするのと同じミールで食事を摂る。

今日はフィッシュの方が売れ行きが悪かったらしく、残ったミールのホイルを取ると、サーモンの上にレモンとハーブがのっている。温め直すのも面倒だったので、そのまま口に運んだ。

――今日は肉料理の方が美味しそうだったんだけどな。

欧米路線では、今日のようにミートが売り切れるのはよくあることだ。

メニューは路線や日によって変わるが、肉にしろ魚にしろエコノミーの食事は飽きる。

翌朝、成田到着前の朝食をサービスした後、私はまた夏目に引っ張られてファーストクラスへ行った。

「すみません。夕べはこれを返しにきたつもりが、うっかり……」

夏目から受け取った写真をしみじみ眺めた瀧川社長が、

「この笑顔を見るだけで、あの時のトキメキを思い出すよ。プロポーズした後、この写真を撮ったんだ。その時には返事はもらえなかったが。この写真を肌身離さず持って、アメリカでの研究に打ち込んだっけ」

遠距離の片想いを続けた瀧川社長は、その後も雪乃さんに猛アタックした末に結婚したと言っていた。だから、この写真の後、何度プロポーズしたのかはわからない。けれど、夏目の『写真の女性、きっと、カメラを構えてる相手に恋をしてると思うんですよね』という推理が本当なら、この時もう、雪乃さんの気持ちは決まっていたのかも知れない。

「久しぶりに雪乃を羽田に誘ってみるよ。もう一度、同じ景色を見たら、お互いに、あの頃の気持ちに戻れるかも知れない」

写真を内ポケットに納めた瀧川社長が、低い声で自分に言い聞かせるように言った。

「健闘をお祈りします」

そう答えた夏目に、社長はただ「ありがとう」と告げて、しみじみ写真を眺めていた。


シップは定刻より五分早く成田空港へ到着した。すぐにドアモードを確認して報告する。

「L2、R2、ドアモードOKです」

シートベルト着用のサインが消えると、乗客たちが降りる準備をはじめ、客室は一気に騒々しくなる。着陸態勢の間、胸に抱いていた犬の縫いぐるみを夏目は再び背負い、乗降口に立った。

「ありがとう」

雪乃さんが少女のような笑顔で飛行機を降りようとする。

「雪乃さん。お忘れ物ですよ？」

夏目が抱っこヒモを外し、背中の縫いぐるみをおろし、雪乃さんに手渡した。

「あら、私ったら。家族を忘れるなんて、やだわ」

自分で言いながら笑っている。

「ごめんなさいね。さあ、おいで」

ようやく思い出したように縫いぐるみに手を差し伸べた。あれほど縫いぐるみを『家族だ』と主張していたのに、連れて帰るのを忘れるとは……。

やはり、縫いぐるみは、彼女の悲しみが癒《い》えない内に新しい犬を買って来ようとした瀧川社長への当てつけなのかもしれない。不妊治療を諦めた彼女にとって、サクラは本当の娘のような存在だったに違いないから。

なんだか溜め息が出た。

「雪乃さんも引っ込みがつかなくなってるんでしょうね。どこで折り合いをつけたらいいのかわからないのよ、きっと」

「はい。そう言ってました。今さら素直になれないって」

なるほど、バンクに行く前に、彼女の本心を聞き出していたわけだ。

「けど、羽田で二人の関係は修復されると思います」

夏目が自信に満ちた口調で言った。

——そう簡単にいけばいいけど……。

乗客の見送りをすませてギャレーに戻った夏目は、キッチンを片付けながら、溜め息をついた。

「それにしても、夫婦って難しいものですね」

彼の母親と離婚した後、一度も会いにこなかったという噂の杉浦機長のことを考えているのだろうか。

「夏目君のお母さんって、どんな人？」

父親のことは聞きにくいので、彼の母親のことを聞くことにした。

「亡くなりました。一昨年」

私に気を遣わせまいとしているのか、夏目がサラリと言う。

「そっか、ごめんね。辛いこと聞いて」

そのまま話を打ち切ろうとした。なのに、夏目の方が勝手に話を続ける。

「母が死んだ途端、父親が現れて……」

私の頭の中には喪服で葬儀会場に現れた杉浦機長の姿が目に浮かんだ。

「今まで一度も会いにこなかったのに突然、自分と同じ航空会社に入ってパイロットになれ、とか言い出して。おかしいと思いません？」

「え？　そうなの？」

「俺の父も祖父もパイロットで、曾《そう》祖父はゼロ戦乗りだったそうです。それは、母から聞いて知ってましたけど、『家業』じゃあるまいし、っていう反感しか生まれないでしょ」

「う、うん。まあ、そうかもね」

というか、離着陸の時に酔う人が操縦ってできるんだろうか。

「あ。すみません。つまんない話して」

「い、いいけど」

——それにしても、どうして杉浦機長は一度も夏目に会いにいかなかったんだろう……。

ああ見えて、意外に薄情な男だ。同僚にはソフトで当たりがいい男なだけに、同じ女性の立場として敵意を覚える。八方美人は身内に冷たいというのは本当なのかも知れない。なんにしても、大人同士の関係は一度こじれると仲直りが難しい。その証拠に、あの瀧川社長でさえも、一年近く手こずっているのだ。

「まあ、父親のことは気にしていません」

あれだけ避けていて、とてもそんな風には見えない。それでも、

「そ、そうなんだ……」

と、肯いておいた。

「けど、パイロットってそんなに偉いんですかね？」

不意打ちをかけるように夏目が聞いてくる。

「え？　さあ、どうだろう。人によるかな」

やっぱり、気にしてるじゃん、とは思ったが、あやふやな答えしか出てこなかった。

「母はいつも父の精神状態をすごく気遣っていて、自分のせいで父の気持ちを乱してしまうぐらいなら身を引くって言ってました」

——身を引く……。

それは私の母もよく口にした言葉だ。

『あたしは、紗世のお父さんが好きで好きでたまらなかった。でも、お父さんの将来や立場を考えて身を引いたの。そしたら、あんたを授かってることがわかって、なんだか、ご褒美をもらったような気がしたわ』と。

ぼんやりと、その言葉の重みを噛みしめていた。

「あ。そうだ。俺、デブリの後、羽田に行くんです」

夏目が、到着後のブリーフィングが終わったら成田から羽田に行く、と思い出したように言う。

「ああ。高山さん御一家は今日、福岡から戻るんだったわね。啓太君にフライト・ログ・ブックを渡しに行くんでしょ？」

「はい。鳥居さんも一緒に来てください」

「は？　なんで私が？」

勤務外でそんな面倒なことに関わりたくない。

「いいじゃないですか。お願いしますよ」

「嫌よ。私、早く帰って洗濯したいのよ」

なんとか断ろうと、所帯じみたことを言ってしまった。

「あ、じゃあ、それ、俺がやりますよ」

「え？」

マンションのベランダで、夏目が私の下着を干している姿を想像して赤面してしまう。

「ダ、ダメよ。洗濯だけじゃなくて、リフレクソロジーにも行きたいし」

「それも俺が……」

自室で夏目に足をマッサージしてもらっている自分を想像し、さらに体温が上がった気がする。

「も、もういい。わかったわよ。いいわよ。行くわよ。付き合えばいいんでしょ？」

「ありがとうございます！」

完全にハメられた気がした。


その日のデブリは、機内でエコノミーの座席を使って行われた。

乗務前に行ったブリーフィングで立てた目標や重点項目が達成できたかどうかを確認し、フライト全体を振り返る。仕切るのはもちろん、荒木ＣＰだ。

「夏目君、田中《たなか》さん、五十嵐《いがらし》さんは、一日も早く自発的に動けるようになってね。いつまでも先輩の指示待ちはダメよ？」

いつものように新人には辛い二十分ほどの反省会だ。

「今回の機内販売の売上はこのクルーになって過去最高です。そして、その約七割が新人の夏目航さんのカートからでした。皆さんも負けないように、頑張ってね」

お小言の後、ＣＰが夏目を褒め称えた。彼は照れくさそうに、こめかみの辺りを指でポリポリ掻いている。

「では、解散」

出発の時よりは少し疲れた表情のＣＡたちが立ち上った。

私も機内のロッカーから私物を出そうとした時、荒木ＣＰに声をかけられた。

「あ。鳥居さん。ちょっと、いい？」

一緒にいた夏目が気を利かせるように「じゃあ、バスの乗り場で待ってますから」と、言い残してシップを降りる。

「どうぞ、座って」

誰もいなくなったビジネスクラスまで足を進めたＣＰが、手の平で着席を促すジェスチャーをした。

私は緊張しながらも、軽くお辞儀をして、エコノミーより広めのシートに腰をおろした。

「なかなか大変でしょ、乗務しながらの指導は」

ＣＰが顎のラインで美しく切り揃えた髪を揺らしながら、私の隣のシートに座る。

艶々と光る漆黒の髪。ジュニアはシンプルなアップ。夜会巻きはシニアになってから、など、ＣＡの髪型にも暗黙のルールがある。

もちろん、ＣＰともなれば、どんな髪型にしても咎《とが》める者はいないのだが、荒木ＣＰは入社以来ずっとこのボブのショートだと聞いたことがある。

「どうだった？　夏目君」

ＣＰがこれほど夏目航のことを気にかけるのは、やはり彼がサラブレッドだからなのだろうか。

「そうですね……。正直、うまく指導できたという自信はありません。彼はマイペースというか……」

思いのほか頑固というか、という言葉は飲み込んだ。新人をコントロールできない自分の力量が疑われると思ったからだ。

「でも、夏目君にはＣＡとしての資質があると思います。御客様の気持ちに寄り添えるというか……。もちろん、彼はＣＡにはならないんでしょうけど」

「そう。よくわかったわ」

肯いた荒木ＣＰが続けた。

「実はね。彼のお母さんもＣＡだったの」

機長とＣＡのカップルは珍しくない。ＪＩＡでも、八割近くのパイロットがＣＡと結婚していると聞く。

「私が新人の時に指導してくれた先輩なの」

「そうだったんですか……」

荒木ＣＰは感慨深げに眩しいほど明るい窓に目をやった。

「綺麗でソツがなくて……。私の憧れだった」

それを聞いてやっぱり『ソツがない』という形容詞が彼女にとって褒め言葉なのだとわ

かり、ホッとする。

「私の理想のCAだったけど、杉浦さんと結婚して辞めてしまったわ」

残念そうに陰る横顔は年齢を重ねていても魅力的で、思わず目を奪われる。

「ラストフライトの日、更衣室で泣いてた。彼女も辞めたくなかったんだと思う。でも、機長の妻は大変でしょ？」

確かに、パイロットの妻は、夫の体調管理や精神面のケアが大変だと聞く。ジャンボのパイロットともなれば、一人の男の操縦に五百人以上の乗客乗員の生命が掛かっている。その責任の重さを考えると、前の日に夫婦喧嘩などできないと言う。

「だからこそ、彼女は杉浦さんの、たった一度の浮気が許せなかったのね。自分からCAという仕事を奪っておいて、他の女と遊んでいたことが」

退職後は疎遠になることが多いCAの世界だが、荒木CPは夏目の母親である先輩CAと退職後も連絡を取り合っていたのだろう。二人の離婚の理由まで知っているとは……。

――しかも、浮気だったのか。

あの機長が。一度きりとはいえ、意外だった。それだけショックだったんだろうな、と夏目の母親の気持ちを想像する。自分が元彼の裏切りを知った時の絶望感と重なる……。

「じゃあ、杉浦機長は夏目君に会いにいかなかったんじゃなくて……」

「そう。会わせてもらえなかったのよ」

荒木CPがしんみりとした口調になった。

「もうその頃から、彼女は体調が思わしくなかったみたい。自分は足手まといになってしまうから、他に杉浦機長の心身を支えることができる人がいたら、その人と一緒になってほしいって、ずっと言ってた。再婚しない機長にやきもきしてたみたい」

「そんな……」

身を引く、という言葉の意味が私の中でさらに重みを増していく。

「入院されたと聞いてお見舞いに行った時、先輩から『航をお願いします』って言われたの。多分、他に頼る人がいなかったのね。私なんて血のつながりもない、たった三年ほど一緒に働いただけの後輩なのに」

「そう……なん……ですか……」

「だから、夏目君をあなたに頼んだの。早く彼を一人前にしたいのよ」

荒木ＣＰが毅然と顔を上げた。

「しっかり頼むわよ」

「は、はい……」

迫力に押され、返事をしたが、恐ろしいほどの重責だ……。

こっちが辞めたくなるような気分になったが、荒木ＣＰが夏目航に特別目をかけている理由が、先輩ＣＡとの繋がりにあったことには感動した。

成田の更衣室で私服に着替え、羽田行きリムジン乗り場に向かいながら、荒木ＣＡの言葉を反芻《はんすう》する。

私が、初めて仕事を教えてくれた先輩を今でも覚えているように、荒木CPも夏目の母のことをこの先もずっと忘れないだろう。

――自分がCAを辞めた後も、後輩に指導したことが、ずっと引き継がれていく……。

人から人へ受け継がれていく、確かなもの。自覚的に選んだわけではないCAという職業だったが、自分がその流れの中にいることを今、初めて誇りに思う。

――まずは、夏目を一人前にすることかな。

私の最初のトレーニー、夏目に対する責任を改めて実感し、身が引き締まる思いだった。

元彼と今彼？

「鳥居さん！」

さっき荒木CPが語ったような複雑な家庭環境で育ったとは思えない夏目の笑顔が、ロータリーで私を迎える。成田と羽田を結ぶリムジンバスの停留所で、白いカットソーとデニムに着替えた夏目が手を振っていた。

私が夏目の待っている停留所に着く前に、別のバスが停車し、顔見知りのパイロットの一団が降りてきた。こちらも乗務後なのか、全員私服で、その中の一人が森上瞬だった。

――げっ……。

先日、披露宴会場で啖呵《たんか》を切ってしまった手前、気まずい。が、もう、わだかまりすらない相手だ。気づかないふりをしてすれ違おうとした時、手首を摑まれた。

「紗世。ちょっと」

「なに？」

まだ話すことがあっただろうか、と思いながら森上の顔を見る。

「やり直そう」

「は？」

思ってもみなかった台詞だ。愛子の結婚式ですべて終わったと思っていたから……。

「お前だって、そう思ってんだろ？」

「なんでそう独りよがりなの？」

森上の手を振り払い、逆に問い詰める。

「俺の何が気にいらないんだよ！」

いらだったように声を荒らげる森上を唖然として見た。

確かに森上は小洒落たデートスポットをよく知っていて、私を退屈させず、それなりに話題も豊富だった。付き合っている時は不満もなく、唯一、モメたのは同僚との浮気が発覚した時だけだったが、今こうして見ると、やけに料簡《りょうけん》の狭い、頭の悪い男に見える。

「もう、無理だから」

そう言って離れようとしているのに、また森上が「待てよ」と私との距離を詰めてくる。

「やめましょうよ、そういうの」

後ろから誰かにぐいっと腕を引っ張られ、目の前に高い壁ができた。いつの間にか夏目の背後に庇《かば》われていた。

「誰だよ、お前」

森上の声が怒気を含んでいる。

「鳥……じゃなくて、紗世の彼氏です」

平然と答える夏目の声。

――は？

長身の夏目の体の向こうから、森上の舌打ちする音が聞こえた。

「紗世、CAと付き合ってんのか？　手頃なところで妥協したもんだな」

聞こえよがしの捨て台詞。私の腕をつかんだままの夏目の手に、ぐっと力がこもる。

恐るおそる夏目の体の脇から見ると、森上が去っていくのが見えた。

「大丈夫ですか？」

夏目が心配そうに聞く。

「彼氏って……。ごめんね。ムカついたでしょ？」

「はい。でも、殴らずに、鳥居さんの好きな『大人の対応』を心がけました。だから、ご褒美をください」

「は？　ご褒美？」

聞き返すのと同時に腕を引かれ、制服の胸に抱きしめられる。

――えーっ？　なんで？

びっくりしているのに、背中に回った腕で夏目の体にぎゅっと密着させられ、息が苦しくなる。

「隙だらけですね、鳥居さん」

「………！」

「俺がこんなことをするなんて、想像したこともなかったんでしょ？　鳥居さんってニブ過ぎです」

「…………」

「ニブイし、隙だらけだし、怖がりの癖に向こう見ずなことをするし……。ダメだ。鳥居さんの悪いところしか思いつかない」

「ちょっと！　ふつう、こういう体勢で悪口言う？」

「悪いところしか思いつかないのに、オフの日も俺、鳥居さんのことばかり考えてるんです。これって病気ですかね」

「はっ？」

色々な反論が頭の中を駆け巡るが、口を開くと言葉よりも心臓が飛び出してきそうなぐらいドキドキしている。

「中でも最悪なのは、鳥居さんの男の趣味です」

「余計なお世話よ」

やっと言い返して夏目の胸から自分の体を引き剥がそうともがくが、私を捕まえている腕はそれをさせない。

「あんなのと付き合うくらいなら、俺の方がマシだとか、思いません？」

本当にいちいち癇に障る言葉遣いだ。

「トレーニーがシニアと付き合おうなんて、百万年早い」

必死で威厳を取り戻し、やっとの思いで夏目から離れた。

「百万年も待ったら、俺、化石になっちゃいます。二年ぐらいに短縮されないですかね？」

「は?」

二年後に、夏目航と私が付き合う……そういう意味なのだろうか。そう考えて、思わず、目をパチパチさせてしまった。

すると、夏目は、話題を変えるように笑った。

「それより、荒木チーフ、なんの話だったんですか? どうして、ここで流れを変えてくるのかが、わからない。もう一押しされたかったのに……なんて思っている自分が不思議だ。

「ずいぶん長かったみたいですけど、鳥居さん、何かミスして、荒木チーフに絞られてたんですか?」

「は? ミス?」

「え? 違うんですか?」

意外そうな顔が腹立たしい。

「私がそんなミスするわけないでしょ?」

怒ったふりをして、循環バスで羽田に着くまでの間、口を利かなかった。

——本当は、夏目の存在を意識しすぎて、うまく喋れる自信がなかったのだ……。

羽田空港のロビーの隅で、高山一家が待っていた。が、その一角には湿った空気が立ち込めている。

「あれ？　真由ちゃん、泣いてる。啓太君もなんだかご機嫌ナナメっぽい……」

彼らを見つけた夏目が呟いた。

一家に駆け寄っていく夏目の後から、一家の近くへ行くと、真由の足元に置かれたケージの中から『ワン！』と声がした。なぜか母親の実家に預けたはずの犬がいる……。

「あれ？　ワンちゃん、お婆ちゃんの家に預けたんじゃなかったんですか？」

子供たちの母親、高山裕子が困ったように、「その予定だったんですけど……」と口を開いた。

「もともと実家の母は犬が苦手だったんです。けど、孫のためになんとか引き取ろうとしてくれて。けど、その母の指をポムが噛んでしまって……」

恐怖症が悪化して、犬と一緒に暮らせなくなってしまったのだろう。

「ポムは人見知りが激しくて、本当に犬好きの人でないとわかるみたいなんです。もう、ボランティア団体の善意に頼るしかないんですけど……」

インターネットなどでも、飼えなくなった犬や捨て犬の里親を探すサイトは多い、と聞いたことがある。

「ひっく……。そんなのダメ……だよ……うぅッ」

真由が泣きながら訴える。どこにもらわれていくのか、どんな人に飼われるのか、まったくわからないことに不安があるのだろう。ボランティア団体からもらった犬や猫を虐待する、不届きな人間もいるというから。

「うわぁぁん！」

それまでむすっとしていた啓太が大きな声で泣きはじめた。

「真由が泣きやまないから！　ログ・ブック、返してもらえないじゃないかぁ！」

悲しむというより怒っている。

「困ったな……」

新しく皆に書き直してもらったログ・ブックを返す気満々でやって来た夏目は想定外のできごとにオロオロしている。

「あ……」

そして、想定外の状況がもう一つ起きた。

「瀧川様だわ……」

成田空港からいっしょにこの羽田まできただろう瀧川夫妻は、どちらも表情が硬く無言で、少し距離を保って歩いているように見えた。明らかに気まずい空気を纏っている。思い出作戦は不発だったのだろう。その証拠に雪乃夫人は大きな縫いぐるみをしっかりと抱いたままだ。

「あっちもうまく行かなかったのか……」

夏目がガックリと肩を落とす。

「そういえば、羽田空港って、だいぶ改築や改装を重ねてるから、昔と同じ場所を見つけるのって、至難の業《わざ》かも」

「そういうことか……」

溜め息をつく夏目はかわいそうなほどの失望を顔に滲ませている。

本当は御客様のプライバシーに首を突っ込むのは性に合わないのだが、私は意を決して瀧川夫妻に近寄った。

「すみません。奥さ……じゃなくて、雪乃さん」

瀧川夫人は「なあに？」と優雅な笑顔をこちらに向けた。

「後輩のＣＡが御客様のワンちゃんをお預かりした時、間違って別の犬と取り違えてしまったようなんです」

自分でもかなり唐突で、おかしなことを言っているのはわかっている。その証拠に、瀧川社長も驚いたように私を見ていた。

「雪乃さんのワンちゃんは、今抱っこされているそちらのワンちゃんではなくて、あちらじゃないですか？」

私が真由の足もとに置いてあるケージを指さすと、雪乃さんは少女のような好奇心に満ちた顔になって、そちらへ足を進めた。

白いケージの中からは、ワンワン、と元気な子犬の声がしている。それを聞いただけで、雪乃さんの目尻が下がる。

真由は子犬の鳴き声に触発されるように、ポムが知らない人にもらわれるのはイヤだ、と駄々をこねていた。

しばらくその様子を見ていた雪乃さんが、「そういえば、鳴き声がサクラに似ているわ」と、嬉しそうに話し出す。

そんなはずはない。柴犬の老犬とトイプードルの子犬では鳴き声に相当な違いがあるはずだ。けれど、雪乃さんがわざと言っているのもわかっている。

「でも、見てみないとわからないわ。出してちょうだい」

泣いていた真由はポカンとした顔をしていたが、雪乃さんのオーラに圧倒されるように、言われるがまま、ケージを開けて中の子犬にリードをつけた。

「本当だ。似ているわ」

そう言って雪乃さんは、縫いぐるみを夏目に押しつけた。

「ああ。そうよ、サクラだわ」

そんなわけはない。どう見てもトイプードルのポムは柴犬には見えないのだが、雪乃さんがケージに手を差し伸べると、ポムがクンクン鼻を鳴らしながら飛び跳ねる。抱っこをせがむかのように。

抱き上げられた赤茶色の子犬は、嬉しそうに雪乃さんの唇をペロペロ舐めている。

「嘘……。ポムが初対面の人になついた……！」

高山一家は茫然と雪乃さんとポムを見ている。私は同じように唖然としている夏目の脇を肘で突いた。ようやく夏目が我に返ったように口を開いた。

「あ。えっと……。真由ちゃん。ポムはこの人が好きみたいだけど、ポムの新しいママになってもらう?」

「いいよ！　この人なら！」

子供はいつも上から目線だ。頼む立場だということがわかっていない。

雪乃さんは愛おしそうに、ポムにほおずりをした後、瀧川社長を振り返り、命じるように言った。

「あなた、名刺」

「え？　あ、ああ……」

ぼんやりしていた瀧川社長が内ポケットから名刺入れを出し、一枚抜いて、雪乃さんに手渡した。

「短い間だったけど、サクラを預かってくれてありがとう。短い間でも、情が移ってしまったでしょ？　いつでも会いにきてね。これ、連絡先よ」

雪乃さんは瀧川社長から受け取った名刺を、彼女の言葉の意味などわかっていない様子の真由に渡した。そして、トイプードルを抱いているのとは反対の手で、夏目が抱えている縫いぐるみを奪い取り、「はい」と、真由の胸に押し付ける。

「え？　あ、えっと。あ、ありがとう。おばさん」

子供は本当に正直だ。雪乃さんは何か言いかけたが、諦めたように笑った。

「ま。いいわ。オバサンでも奥様でも」

呟くように言った雪乃さんは、瀧川社長をくるりと振り返った。

「あなた、帰りに銀座のペットショップへ寄ってね。サクラはあの店で売っているドッグフードしか食べないから」

優雅な微笑を見せられた瀧川社長は目を瞬いていた。

「あ、ああ。そうだったな」

さっさと先に歩いて行く雪乃さんの後を追いかけていく瀧川社長が、途中、こちらを振り返って会釈をするように頭を下げた。

「結構、尻に敷かれてるなあ」

意外そうに呟く夏目の目許は嬉しそうに緩んでいる。

瀧川社長が雪乃さんに追いつき、二人が肩を並べた時、雪乃さんの右手が背中に回って、ヒップの上のくびれのあたりでグッと親指を立てた。多分、私と夏目への勝利のメッセージだろう。

「うん。確かに敷かれてる。けど、瀧川社長、嬉しそうだね」

高山ファミリーも笑顔で二人を見送っていた。

「はい。フライト・ログ・ブック。ちょっと表紙の絵が変わっちゃったけど。フライトの内容は僕が記入しといたから」

「い、いいの?」

啓太がおずおずと夏目を見上げる。

「いいよ。ほら。真由ちゃん。笑ってるよ?」

雪乃さんを見送る真由はニコニコしている。

「ほんとだ！　お姉ちゃんが笑ってる！」

ようやくそれに気づいたように、啓太は歓声を上げてログ・ブックを受け取り、すぐに開いた。

「うわ。この絵、すごく上手い！」

啓太が私のイラストを褒める。子供は正直だ。

「その絵はこのCAさんが書いてくれたんだよ？」

夏目の説明で、つぶらな瞳が私を見上げる。

「ありがとう！　オバ……じゃなくて、お姉さん？」

――何？　この子、今、一瞬、オバサンって言いかけた？

温かくなっていた心に冷水をかけられたような気分だ。顔を見て言い直したのは事実だが、あと五、六年したら私も彼らの母親と同じぐらいの年になる。間違いなく『オバサン』と呼ばれるのだろう。

「バイバーイ」

無邪気に手を振る子供たちを見送る。が、どうしても口角がうまく持ち上がっていないように思ったのは、たぶん気のせいだ。

空港を出てタクシー乗り場へ行きかけて、時計を見るとまだ二時間過ぎ。

「せっかく羽田に戻ってきたし、私、会社に寄って帰るわ」

百合に借りたままになっている雑誌や傘を、ロッカーから引き取って、お祝いのギフトカタログと一緒に新居へ送ろうと思っていながらそのままになっていた。百合が退職するかどうかは別として、今日こそ引き取らなければ、お祝いが結婚式までに間に合わない。

「あ、俺も寄ります」

なぜか子犬のように後をついてくる夏目。その姿を見ていると、抱きしめられた時の感触が何度も甦ってくる。意外なほど引き締まった硬い腕だった。

――ちょっと生意気だけど、年下も悪くないかな……。

なんて思いながら、今度は自然に笑えている気がした。


会社の入り口で夏目と別れ、更衣室のある別棟へ向かう。

百合に借りていた雑誌の表紙には、最近はもうあまり見かけなくなった読者モデルの顔。

――これ、借りたの、そんなに前だっけ？

そんなことを考えながら、三年前の四月号を紙袋に入れる。

多分、返しても捨ててしまうだけのシロモノだろう。

こうやって、忙しく飛び回っている内に、年月が過ぎ、私もオバサンになっていくのだろうか。

不意に、母が言った『一人ぼっちが長いと、あっと言う間にカサカサの五十歳になっちゃうのよ』という言葉を思い出して、ゾッとした。

――それは、ヤバい。結婚するかしないかは別として、CAを続けるかどうかも別として、恋ぐらいしなくては……。

軽い焦りを感じながら、紙袋を手に提《さ》げて本館へ向かった。

二十代の内に、今後のことを考えよう。コーヒーでも飲みながら、じっくり考えようと思いつつ、喫茶室へ寄った。

コーヒーカップを口に運びながら、広い窓からぼんやり外を眺める。

「あ！　鳥居君！」

どこからともなく声をかけられ、周囲を見回すと、これからフライトなのか、書類を手にした杉浦機長の姿があった。

――うわ。膝枕……。

日が経つと、さらに恥ずかしい。逃げ出したい気持ちを抑え、平静を装った。

「あ。キャプテン。先日は御馳走様でした」

機長や上司におごってもらった時は、必ずすぐにメールで御礼のメッセージを送るようにしている。が、顔を合わせた時には、もう一度、きちんと口頭で伝えることにしていた。一度、メールをチェックしていなかったコパイにチクチク言われたことがあったからだ。

「あれくらい、いつでもおごるよ」

さすが好感度ナンバーワン。声をかけたのは、そんな話ではない、という感じだ。じゃあ、やっぱり膝枕の話だろうか……。

「いえ、こちらこそ、失礼しました。少し、体調が悪かったみたいで、いつになく酔いが回ってしまって」

必死に言い訳をしておく。

「ふうん。それはいいんだけど。で、あの新人、なにか言ってた?」

そう聞かれて初めて、杉浦機長が私に声をかけてきた理由がわかった。誘いたかったのは私でも他のCAでもなく、夏目航だったのだ、と。

それがわかってなんだか嬉しかった。

「私が偉そうなことは言えませんけど、素直で伸びシロのある新人だと思います」

——本心だった。

が、要領や手際はそれほどよくない、という感想は闇に葬る。

すると、杉浦機長は私が夏目航と自分の関係を知っているのかどうか図り兼ねたのだろう。「実は、息子なんだ」と、告白してきた。

「そうなんですか」

私はさらっと言う。

知っていました、とも言いにくいし、派手に驚いたリアクションをするのも嘘くさい。が、杉浦機長は拍子抜けしたような顔になった。驚いた方がよかったらしい。でも今さらリアクションを変えることもできないので、私はそのまま話を続けた。

「タキガワ製薬の社長さんに気に入られて、ずっと喋ってました。優秀なんでしょうね。あの歳で、大企業のトップと対等に話せるんですから」

それも本心だったが、杉浦機長は、いや、と首を振った。

「確かにいい大学に入って、留学もして、優秀な成績で卒業したようだけど、アイツには野心がなさすぎる」

それは失望しているような言い方だった。けれど、杉浦機長の言葉には、私の方が失望させられた気分だ。

「パイロットになろうとしないからですか？」

私が聞き返すと、機長は驚いたような顔をした。わずか一週間の内に、そんな話までしていたとは思っていなかったのだろう。

「いいえ、父親は自分をパイロットにしたがっているという話は聞きましたけど、夏目君本人から杉浦機長がお父さんだとは聞いていません」

「……遠縁のオジサンとか？」

明らかに自分で言って傷ついている。

「あ、はい。ビンゴです！　そう聞きました」

深刻な空気にならないよう、おどけて答えるが、やはり空気は沈んだ。

「アイツは俺のこと、父親だと認めてないからな。お前なんか父親じゃないって、元嫁の葬儀の席でハッキリ言われたし」

その顔は、今でもその時の痛みを引きずっているようなそれだった。

本当は何度も会いにいった、と荒木CPから聞いていた。その事実を息子に言わないのは、母親を悪者にしたくないからだろう。

「会えなくても、ずっと気にかかっていた。父親として、遠くから成長を見守ってきたし、期待もしてた。もっと上を目指す人間だと思って」

よほどパイロットという仕事に誇りを持っているのだろう。けれど……。

「夏目君には、杉浦機長以上の野心がありますよ」

「え？」

意外そうな目が私を見る。

「彼はこの会社の社長になりたいと言っています。彼はそれにふさわしい人材だと思っています」

そう言いながら思い出すのはなぜか、乗客のために半泣きになっている夏目の顔だった。

「マジか……」

そう呟いた杉浦機長の顔が少し焦りを含んでいるように見えた。機長出身の役員もいるにはいるが、過去の実績から見て、地上職の社員の方がトップへは近道だ。まさか息子がパイロットを束ねるポジションを狙っているとは思ってもみなかったのだろう。これこそ、夏目が父親と同じ会社に入った理由だと直感した。

「マジか……！　俺を超える気かよ」

もう一度、そう呟いた杉浦機長の顔は少し嬉しそうだった。

その顔を見て、私の父も、私の存在を知ったら、こんな風に気にしてくれるのだろうか、と思ったりした。

「引き留めてごめん、もう行くわ。フライトだから。今度はフレンチでもおごるから」

そう言って若々しい笑顔を見せて去っていく機長。

――その時には今度こそ、夏目君を連れていかなきゃ。

ぎくしゃくする二人と、自分がオブザーバー的な立場で食事をする場面を想像したら笑えてきた。


「鳥居さん！」

今度は杉浦機長の渋い声とは違う、張りのある元気な声にドキン、と胸が鳴る。もう見なくてもわかる、夏目航の声だ。

「鳥居さん。杉浦機長と何、話してたんですか？」

「別に……」

「まさか、また誘われたんじゃないでしょうね？」

また、父親への対抗心か、と辟易した。

「そんなの、夏目君には関係ないでしょ？」

「ありますよ！　二年後には鳥居さんの彼氏になるんだから」

その怒ったような口調にハッとして夏目を見上げる。初めて見る挑むような視線に訳もなく、ときめく。どうやら、父親への対抗心だけではないらしい。

でも、これ以上、その真剣な目を見ていたら、顔が熱くなってしまいそうだった。

私が動揺を隠して目を逸らしたことで、さらに勘違いしたらしい。

「それで、杉浦機長、なんの話だったんですか？　言えないようなことなんですか？」

しつこく聞いてくる。

「教えない」

「なんで隠すんです？」

――もしかして、嫉妬？

ムキになる聞き方が可愛くて、ついつい引っ張ってしまった。

じゃあ、もういいです、とそっぽを向いた夏目が、ふと思い出したように私を見る。

「そういえば……。鳥居さん。ロンドンで、お土産、買ってきてくれたんですよね？」

「ああ……」

そう言えば、とバッグを探る。

私が夏目航のために選んだのは、スノードームだった。

ビッグベンやロンドンブリッジ、赤い二階建てバスに観覧車。ロンドンらしい風景や観光名所が透明な球体の中に詰め込まれ、ひっくり返せば粉雪が舞う。

「大したものじゃないけど」

美しくラッピングされた箱を差し出すと、夏目もポケットを探り、何かを差し出した。

「俺のはコレです」

渡されたのはラッピングこそされてないが、茶色い紙の小箱にナショナル・ギャラリーの近所にある土産物屋のシールが貼ってある。

「え？　夏目君もお土産、選んでくれたんだ」

プレゼントを交換し、箱を開けたのと同時に声を上げた。

「え？」

「あ！」

お互いの手にはまったく同じスノードーム。

「あはははは」

笑ってしまった。

「すごい！　ははは」

夏目も笑っている。

二人のCAと一緒に出かけたらしいナショナル・ギャラリーの近くで、私のためにこれを選んでくれたのだろう。私が夏目のために選んだのと同じ物を、違う場所で彼が手にしている場面を想像し、なんともいえない楽しい気分になった。

「俺たち、お土産の趣味も合いますね」

「も？　それ以外、なにも合ってないけど」

そう言い返すと夏目は、ハアと溜め息をついた。

「本当に手強いですね」

私の心を探るような真っ直ぐな瞳に見つめられて、思わず目を伏せた。視線の先、自分の手の中にはスノードーム。

生まれて初めて年下の男に惹かれている――そう、はっきりと実感する。けれど、素直になるタイミングがつかめない。恋愛も現役から離れると、スキルが落ちるのかしら？

「綺麗ね」

窓から差し込む光にかざして見たスノードームの中に、小さな白い矢印みたいになって飛んで行く飛行機が見えた。

――こうやって外から飛行機を見るのもいいけど、やっぱりもう少しだけ、ＣＡとしてあそこに立っていたい。

ずっと心のどこかに燻《くすぶ》っていた「このままでいいのか」という思いが、いつの間にか消えている。なんだか次のフライトが楽しみになってきた。夏目の教育もまだまだ始まったばかり。恋は……どうなるかわからないけど、急いで答えを出さなくてもいい。今の自分にできることをきちんとやって、その中で考えよう。

「ほんと、綺麗ですね」

気がつくと、隣に立っている夏目も同じようにスノードームを光にかざして見ている。

彼もいつかきっと、杉浦機長みたいな頼れる男になるのだろう。その素養は今でも十分に感じる。そう思うと、彼の言った「二年後」が『明日』でもいいような気がしてくる。

そんなことを思いながら、窓の向こう、翼を傾けてゆっくりと旋回する機体を眩しく眺めつづけた。

了

あとがき

この度は本作を手にとっていただき、誠にありがとうございます。

十中八九、あなたは表紙を描いてくださった問七《といなな》さんのファンの方だろうと推察いたします。問七さんには本作にはもったいないほど素敵なイラストを書いていただき、私自身大変うれしく思っております。が、手にしてしまったきっかけはなんであれ、これもなにかの御縁、罠にかかったと諦めていただき、この際、最後まで読んでいただければ幸いです（笑）。


さて、このお話に出てくる主人公・鳥居紗世は、一見、華やかな生活を送っているように見えるキャビンアテンダント《CA》ですが、実は仕事に行き詰まっていたり、同僚の中でなんとなく浮いていたり、過去に付き合った浮気男のことを引きずっていたり、好きになった人からは相手にされなかったり……と、今ひとつパッとしない人生を送っている女性です。

これって私のことみたい！と思われたあなたのお悩み解決の一助に……はならないと思いますが、なんとなーく、ユルーく、『働く女性あるある』を楽しんで読んでいただけたら幸せに思います。

そして、またいつか紗世があなたに再会できる日を夢見て、今後も精進して参ります。

末筆となりましたが、本作が一冊の書籍となるまでお力添えくださった編集の水野さん、佐野さん、イラストレーターの問七さんに心より御礼申し上げます。そして、読んでくださった読者の皆様、本当にありがとうございました。

浅海ユウ

この物語はフィクションです。
実在の人物、団体等とは一切関係がありません。
本書は書き下ろしです。

浅海ユウ先生へのファンレターの宛先

〒101-0003　東京都千代田区一ツ橋2-6-3　一ツ橋ビル2F
マイナビ出版　ファン文庫編集部
「浅海ユウ先生」係

Fan ファン文庫

空ガール！
～仕事も恋も乱気流!? ～

2016年5月20日　初版第1刷発行

著　者　　浅海ユウ
発行者　　滝口直樹
編　集　　水野亜里沙(株式会社マイナビ出版)　佐野恵(有限会社マイストリート)
発行所　　株式会社マイナビ出版
〒101-0003　東京都千代田区一ツ橋2丁目6番3号　一ツ橋ビル2F
TEL 0480-38-6872（注文専用ダイヤル）
TEL 03-3556-2731（販売部）
TEL 03-3556-2733（編集部）
URL　http://book.mynavi.jp/

イラスト　　問七
装　幀　　足立恵理香＋ベイブリッジ・スタジオ
フォーマット　ベイブリッジ・スタジオ
DTP　　株式会社エストール
印刷・製本　図書印刷株式会社

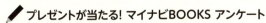